UM DIA PARA FAMÍLIAS NEGRAS
(romance)

DAVI NUNES

UM DIA PARA FAMÍLIAS NEGRAS
(romance)

Todos os direitos desta edição reservados à
Malê Editora e Produtora Cultural Ltda.
Direção: Francisco Jorge & Vagner Amaro

Um dia para famílias negras
ISBN: 978-65-87746-58-6
Capa: Dandarra Santana
Ilustração de capa: Irving Bruno
Diagramação: Maristela Meneghetti
Edição: Marlon Souza
Revisão: Léia Coelho

Texto revisado segundo o novo Acordo Ortográfico da Língua Portuguesa.
Proibida a reprodução, no todo, ou em parte, através de quaisquer meios.

Dados internacionais de catalogação na publicação (CIP)
Vagner Amaro – Bibliotecário – CRB-7/5224

N972u	Nunes, Davi
	Um dia para famílias negras: romance / Davi Nunes.
	Rio de Janeiro: Malê, 2021.
	224 p; 21 cm
	ISBN: 978-65-87746-58-6
	1. Romance brasileiro 2. Literatura brasileira I. Título
	CDD B869.3

Índice para catálogo sistemático: I. Romance: Literatura brasileira B869.3

2021
Editora Malê
Rua do Acre, 83, sala 202, Centro, Rio de Janeiro, RJ
contato@editoramale.com.br
www.editoramale.com.br

1

Então... Foi com duas irmãs: Amira e Areta. Elas tinham o desejo de ser modelos; sua mãe, Mariá, dizia, com sorriso de orgulho, quando pegava as pequenas maquiadas e desfilando no tapete estendido da sala de estar, em grandeza de menina que quer ser a Top model número I do mundo: vocês têm o sonho de Naomi Campbell na cabeça, minhas molecas, e sonho juvenil, quando ele é muito forte, o mundo não consegue derrubar – vira realidade na vida.

Mariá era uma professora universitária, falava sempre, com certa eloquência, que estudava o poder das mulheres: estudo as heroínas, as guerreiras de grandiosos feitos nos quilombos de Salvador, que criaram territórios de luta, há algum tempo, no tempo em que quilombola não temia branco no Brasil. Elas começavam a imaginar mulheres negras grandiosas com roupas de deusas e superpoderes, tipo as candances, levantando cidades. Nas reuniões de família, sempre alguém perguntava a Mariá – se ela tinha alguma máquina de teletransporte, para voltar no passado e estudá-lo. não, estudo os arquivos mesmo – eles que me levam às histórias desses e de tempos antigos. Ria. O pai das meninas, Manu, era um artista plástico, famoso por colocar, em suas obras, as expressões da psique do homem e da mulher negra. A ancestralidade. Ele era uma espécie de Basquiat brasileiro, era o que os críticos de arte diziam.

Quando as meninas nasceram – Amira e depois de um ano Areta –, o casal resolveu, apesar de problemas com o cartório, colocar os nomes que tivessem uma origem africana. nenhum nome herdado dos colonizadores irá representar o que as minhas filhas são de verdade. Falava Manu. o que vem do crivo da escravidão não pode nomear as belezas que trouxemos a este mundo. Afirmava Mariá. Por isso, Manu brigou no cartório, explicou ao escrivão e convenceu a juíza. os nomes das minhas filhas serão Amira, que significa princesa; o da mais nova, Areta, que tem o significado de encantadora. Pronto, os nomes delas foram registrados à vista de testemunhas e pelo crivo oficial da juíza. Dizia algo assim, Manu, quando alguém lhe perguntava sobre a origem dos nomes delas, e como tinha conseguido colocá-los, já que eram tão diferentes do costumeiro encontrado no Brasil.

Amira tinha a cor da madrugada a revestir todo o seu corpo, era brilho de pedra ônix em seus quatorzes anos, aos olhos do mundo. Areta era linda também, sua beleza se estendia com um jeito de Cleópatra juvenil e encantadora.

Amira tinha um temperamento forte, dessas pessoas que já sentem uma espécie de revolta orgânica, uma zanga, e isso a caracterizava com um estilo de primeira ordem. Dentro do modismo afro-punk. Já Areta tinha a beleza harmônica, aquela que o poeta enxerga e põe, inspirado, no verso. Seus pais não deixaram que o mundo quebrasse o seu espelho, fragmentasse a sua beleza, pois eles tiveram que juntar os cacos dos seus para se enxergarem como de verdade são – belos. Amira e Areta tinham um espelho inteiro; a questão era mantê-lo intacto às pedradas do mundo, mas os seus pais já as tinham protegido de muitas. As duas se olhavam, mexiam no crespo antes de irem para a escola. Elas estudavam em um dos melhores colégios de Salvador, era uma bolha de pessoas brancas no centro da cidade. Desses colégios que são trezentos brancos para as duas, Areta e Amira, pretas. Não! Na verdade, havia outra menina: Andreia. Filha de um belga milionário e de uma mulher negra baiana; mistura que leva um nome... Possui uma origem etimológica bastante duvidosa, você lembra? – mulata. É louco. Manu falou a respeito disso no congresso de Arte em Belo Horizonte, com certa zanga e tom pictórico no olhar. nenhum preto que se preze deve se deixar pintar por tal definição, pois ela nos coloca no lugar fora do que se diz ser humano. Humanidade é um desses conceitos que branco criou para só incluir ele. Uma merda. Seu agente de BH, Nandinho Vieira, de tez branco-avermelhada, com algumas sardas roxas e femininas no rosto, não gostava muito que ele fizesse esse tipo de discurso, achava que não venderia quadro, gesticulava com punhos quebrados, enquanto alisava a franja caída no rosto: querido, assim você me fode, pelo amor da deusa, aqui é o Brasil, sabe como são os críticos, né? Manu sorria ironicamente para ele: você acha que não sei, Nandinho.

 Quando Mariá e Manu estavam em debate, Amira e Areta os escutavam (não que entendessem a discussão profundamente mas algo sempre ficava...). Ficava. Como no dia em que elas viram os dois debaterem sobre a situação do homem e mulher mulatos: o mulato, Manu, dizia Mariá (com uma calma e vozear que fazia bem ao ouvidos) parece estar na encruzilhada racial, existem dois eus dentro dele, o branco e o negro, em constante conflito. E em relação à menina Andreia o branco parecia ter ganhado alguns *rounds* mortais dessa luta, mas não sei direito. Às vezes não sei nada sobre elas, há alguns apagões, sabe? Amira ao refletir com Areta sobre a situação de Andreia dizia: ela é bege por isso é complexada desse jeito. Areta: ah, vem você de novo como com suas paletas de cores. Ela é preta, só ainda não entendeu. Amira: tá bom, fala pra ela isso. Ria.

Andreia odiava Amira e Areta: as duas as faziam se lembrar do seu lado que, mesmo tentando assassinar, sempre renascia. Por isso, ela buscava fazer de tudo para se integrar desesperadamente ao todo branco da escola e odiava as duas irmãs com todas as forças.

A mãe de Andreia, Fernanda, desde cedo buscou negar a negritude de sua filha, verdade, colocava pregador em seu nariz para deixá-lo afilado. Dizia: isso aqui é pra você ficar mais bonita. Andreia quase perdia o ar, só veio entender já moçoila pra que demônios tinha que usar aquele pregador, obstruindo a sua respiração. Fernanda às vezes falava ríspida. respire pela boca, não sei pra que você foi puxar ao meu nariz, não podia ter puxado ao do seu pai?

Fernanda era retinta, com os traços bem negroides. Era linda e passou parte da vida sem saber disso. (Você passou por isso também, não foi?) Ela não teve muitas oportunidades de estudar, mas, com sacrifício, terminou o colegial. Sofreu com o racismo telha de aranha da cidade de Salvador; teve um caso com Simon Kompany (um belga milionário) e trouxe Andreia ao mundo, ganhou uma casa e uma mesada, o que lhe possibilitou viver com certo conforto e dar uma boa educação para a filha. Acho que ela nunca soube lidar com o peso da melanina e viveu a vida tentando negar a negritude da sua filha, já que a sua era aparente. Talvez quisesse protegê-la do racismo, com o qual ela já havia sofrido e sofria. Quisesse protegê-la dessa merda, você sabe como é, a criar monstros, extirpar sonhos e destruir vidas. Pode ser por aí, né? Penso que, de tanto ódio sofrido, Fernanda começou a acreditar nele e negar a sua negra existência. Acreditava no que os livros diziam, no que a TV e os patrões falavam sobre ela, no que a civilização ocidental falava sobre o seu povo, sobre a sua cultura. Mas a sua filha seria branca, uma branca à brasileira. Uma branca, filha de um branco europeu, não iria sofrer mais. Tudo isso fez Andreia crescer tentando matar o seu eu-negro, o qual ela via refletido em Amira e Areta, na escola.

Andreia só andava grudada, em tramas, com outra menina no colégio, Ana Amarante – filha de empresários ricos, que moravam em uma mansão luxuosa no Corredor da Vitória. Ana era uma menina com faces de Barbie e mimos aristocratas. Uma vez eu apareci para ela, só pra perturbar, sabe que sou das brincadeiras, né? Ela tinha, verdadeiramente, um rei na barriga, e Andreia se contentava em ser a sua dama de companhia, apesar de achar e querer, de verdade, que ela fosse a sua amiga, mas, de fato, Ana Amarante só a usava nas tramoias, que armavam contra as duas irmãs.

2

No caminho para a escola, Amira e Areta estavam no banco de trás do carro de Manu: um veículo luxuoso, importado, desses que, no máximo, mais alguns poucos pretos deveriam ter na cidade. Verdade. Os olhares na rua eram espantosos e tinham um caráter ofensivo – um franzir de testa com estranheza. Amira estava com um penteado arrojado, desses que (nos olhos dos brancos à brasileira) causam sempre estranhamento, mas cuja beleza não há como negar, embora, na verdade, neguem. Sempre há quem derrame merda sobre o belo, sabe? Já Areta era mais comportada, às vezes ela desejava passar invisível, tinha um estilo suave, era dessa forma que estava nesse dia, com seu afro solto. o que achou do meu penteado, Areta? está lindo, Amira, eu gosto do seu crespo descolorido, Tempestade. A diretora é que não. O corpo negro no espaço dito branco, falava Mariá, precisa se desviar e gingar contra os olhares de maldição.

    E quando se vê um homem negro com uns *dreadlocks*, dirigindo um carro importado, sem estar com o terno marcado de motorista de madame, e com duas outras crianças negras dentro, com ar de riqueza, isso causa estranheza aos olhares tanto dos brancos como até de alguns negros. Esse fato provoca sempre um arregalar dos olhos, afirmações e indagações para justificar aquela situação estranha aos olhos de muitos: ele deve ser um cantor de *reggae* famoso, um pagodeiro, parente de um jogador milionário de futebol, ou melhor, um desses chefões do tráfico. As indagações e afirmações surgiam de todos os lados da cidade.

Manu entendia todo o processo, não dava para dar de ombros a tudo – se revoltava. Ele detestava os porteiros e seguranças negros, além dos garçons e policiais. Implicância conceituada, compreende? dizia: esses sacanas são antipretos, aprendem a ter o olhar discriminador do branco, parecem sentir prazer quando atrapalham a entrada de algum preto no lugar em que eles trabalham. Seguem as malditas normas da casa, que nunca são deles. Demoram mais de um ano para entender um preto morando no condomínio de luxo, onde eles trabalham. Passam o tempo todo perguntado o que ele vai fazer em sua própria casa. Parece que têm um branco falando de dentro deles. Ou, então, eles devem pensar: Qual é a desse crioulo com esse carro? Vou foder a vida dele, já que a minha está na merda. Nando Vieira ficava com as pintas roxas, brilhando de nervoso, com medo de Manu falar algo assim no lançamento da próxima exposição, pensava: aí, querido, é tudo uó! É tudo uó! Pensa na venda dos quadros, deixa pra lá, isso é recalque. Também Mariá sempre buscava conter os ânimos dele, dizendo-lhe: eles ainda não estão acostumados a nos verem nesses locais sociais, acham que esse não é o nosso lugar, pois não é o local deles. Manu desdizia: nada disso, são escravos, possuem uma mente escravizada de merda. Mariá o fitava com severidade: pare de revolta, preto, não entre na lógica deles, até para educarmos de forma positiva as nossas filhas: não passe o ódio que você sente para elas não, ouviu? Manu, que não era doido de discordar de Mariá, quando ela falava desse jeito, lhe dizia. sim, preta.

 O carro chegava perto da escola, o olho de Manu já se encontrava com o avistar carrancudo de um novo segurança. Ele hesitou em abrir logo o portão. pois não, senhor? O artista plástico esbravejou: pois não o quê, não está vendo que estou trazendo as minhas filhas, abra logo esse portão! Manu sabia que o tom de ordem resolveria logo, entende? Assim, ele entrou, deu um beijo em Amira e Areta, e quase não parou de observar o olhar perseguidor do segurança. As meninas lhe pediram a bênção. tchau, painho, a bênção. Falaram as duas. Manu desviou do olhar do segurança, deu um beijo na testa de cada uma das suas filhas e lhes disse: que Oxalá as abençoe, saibam que papai está sempre com vocês. Elas foram para a sala de aula.

 Manu voltou o olhar para o segurança, que inquiriria da situação. Era tomado também por um turbilhão de pensamentos e definições estereotipadas, como quase todos faziam: ele deve ser norte-americano. Ou algum político, né, não? Um preto barão?... Com certeza, não é baiano. Não existe preto desse tipo aqui, deve existir em algum lugar do mundo, mas aqui não. O olhar do segurança seguia inquiridor e ele estranhava ter que abrir o portão para Manu: já estava acostumado a abrir o portão para os brancos, fazia isso umas cem vezes ao dia, com cordialidade e submissão, mas para um preto igual a ele... Esses pensamentos lhe fizeram soltar (do profundo das suas entranhas) um sonoro muxoxo: tsc. Sentia que havia algo errado no movimento do mundo, no movimento do seu trabalho, e começou a sentir raiva. Seu olhar ficou mais acintoso, brilhava um vermelho de insatisfação, mas pensou na manutenção do seu trabalho – no outro lado, percebeu que tinha um olhar poderoso de um preto, que ele não conseguia identificar, e teve um último pensamento ao abrir, com a face franzida, o portão: pode ser uma pessoa importante. Manu olhou bem no profundo dos seus olhos, passando o carro bem devagar, na vagareza de quem se faz visível, de quem tenta cravar na mente de um negão pouco esclarecido a sua imagem, cravar uma referência nova em seu cérebro, na eternidade daqueles segundos, daquele momento, mas sentia muita revolta e acabou, naturalmente, em fio de último olhar, falando um rumorejo de revolta: escravo de branco de merda. Seguiu para o seu ateliê, foi transformar toda a experiência vivida em impressões sensíveis nas suas telas.

3

Na escola encontravam-se diferentes grupos, não que fosse como aqueles filmes de escola norte-americana, a dividir *nerds*, valentões, alternativos etc. Não tinha isso, lá tudo se diluía. Manu sempre afirmava para suas filhas, antes de irem para a escola: a branquitude tem sempre um comportamento padrão – busca exercer privilégios e ferrar os negros. Nandinho desmaiou quando Manu falou isso para um colecionador milionário, casado com uma *socialite* negra, em uma *vernissage* no Rio de Janeiro. ai, deusas, Mariá, seu marido ainda vai me matar.

No colégio, o que havia de diferente era Amira e Areta – o ilhéu de negritude dentro de um mar tormentoso. Elas já iam para a sala de aula... Quando a filha de um fazendeiro, Franciele, com um jeito curioso veio falar com elas: nossa, seus cabelos são lindos, posso pegar? Já colocando a mão. tira a mão do meu cabelo! Se irritava Amira. Ela não tinha paciência pra pessoas assim. Pensava, pegando o jeito da fala de Nandinho: que uó essa garota! Depois disse, demonstrando irritação com Franciele. vou falar a você o que a minha mãe me ensinou: a cabeça, mana, é algo sagrado, não é pra qualquer pessoa vir colocar a mão, entendeu? Sai pra lá. Areta retrucava: para com isso, Amira, não fique triste, Franciele. Ela acordou hoje de mau humor, e quando acorda assim... Sai dando murro em todo mundo. tudo bem, Areta (falou Franciele), gosto do jeito dela. Amira a olhava: boboca. Depois saiu de perto, em jovial passar de rebeldia. Manu já havia falado muitas vezes para elas que existe esse povo que folcloriza o cabelo crespo, como se fosse algum ornamento extraterrestre. Ele buscou sempre dar uma educação política para elas, tinha medo de que elas sofressem. Amira refletia tudo isso. Por isso, sentia tanta irritação com Franciele. Ela possuía um gênio vivo, não esperava o mundo lhe determinar os fatos, entendia-os por uma via sensível: os sentidos lhe davam uma pequena radiografia do entorno a sua volta, iam se adensando e tomando forma de um corpo inteligível na sua mente. Por isso, desenvolveu certa arrogância, expressando-a com muita ousadia na escola.

 Vamos, Areta, não adianta explicar nada. Vamos para a sala. Amira falou com certo tom de ordem. Areta entendia a irmã, mas ela tinha mais paciência para compreender as viagens malucas dos brancos, com relação ao corpo e à estética negra. Franciele depois falou para Areta: fico impressionada é porque não há negros como vocês na fazenda dos meus pais. como assim? Indagou Areta. lá, na fazenda, tem um pessoal pé descalço, vocês são modernas, têm estilo que eu nunca vi. E o cabelo de vocês... Levantou a mão para tocar o de Areta. Amira se virou e gritou: se você deixá-la tocar em seu cabelo, eu mesmo o corto. Areta segurou a mão de Franciele e lhe explicou: você tem o cabelo louro e liso, não é? Você gostaria que eu achasse, por exemplo, que o seu cabelo tem a forma de um espaguete escorrido, e tivesse interesse em tocá-lo, por isso? Falou Franciele: não. Areta franziu o rosto e afirmou já irritada. Então, não toque no meu. Amira começou a dar risada e falou. está vendo...

Essa bicha tá de onda, chata que só. Deixaram a garota, entraram no corredor em direção à sala de aula.

Andreia, que estava em um corredor superior, observava as duas irmãs; pensava: como podem vir para a escola assim, com esses cabelos, com esse andar altivo, com marra de principais modelos da revista *Vogue*, são negras! A escola não deveria permitir, deveriam ter o cabelo alisado como eu tenho.

Fernanda, para apagar os fios de negritude no cabelo de Andreia, que nasceu encaracolado, usou de todos os produtos para alisá-lo, não poderia aparecer nenhum sinal de uma linha crespa na cabeça de sua filha com o belga milionário. Sua filha é uma branca à brasileira. Branca filha de europeu. Era o que se passava na mente de Fernanda. ela não irá sofrer como eu. Tentava protegê-la, eliminando o negror, que era ela mesma, na filha.

Andreia continuava a observar Amira e Areta; várias ideias envolviam seu pensamento: elas deveriam estudar na escola pública, lá tem gente igual a elas, era assim que deveria ser. Tentava matar o seu eu-negro a todo custo, sabe? Tinha uma consciência naturalizada disso, devido ao mundo, enfatizado ainda pela educação de sua mãe: desde criança lhe foi imposta a necessidade de constituir uma branca existência.

Andreia chamou Ana Amarante. Ela estava no mesmo corredor, se vangloriando com umas amigas sobre a viagem feita à Disney. que foi? Respondeu. venha ver quem está chegando, Ana. espera aí, meninas, já volto. são as duas irmãs, Andreia? sim. Ana Amarante, que estava com a cabeça cheia do Mickey Mouse, Branca de Neve, Alice etc. etc. etc., buscou com certo esforço, pois as duas irmãs estavam muito bonitas, organizar algo que pudesse ofendê-las. olha, olha, se não são... (Amira já as observava com um olhar enfurecido) os dois pontinhos pretos da nossa escola. Areta falava para a irmã não ligar: deixa essas duas, Amira. Mas ela não aprendeu a deixar nada. Levantou o dedo médio e apontou para as duas num *fuck you* gestual. Se Mariá visse essa cena, iria dizer para elas: não é dessa forma, minhas filhas, que eu lhes ensinei a lutar, estão cada dia mais parecidas com Manu.

Amira tinha zanga, dessas que saem com a batida do peito e ressoam por todo corpo, o que a fez levantar o dedo médio, apontando para Andreia e Ana Amarante. Mas não contava com a coordenadora pedagógica da escola, que a flagrou com o dedo apontado às provocadoras. o que está acontecendo aqui, meninas? Abaixa esse dedo, que modos são esses com a colega? Areta falou. foi só um desentendido, coordenadora, nós já estamos indo para a sala. A coordenadora, olhando para Amira (que se mantinha em silêncio e com um olhar seco em zanga, sabia que haveria de sofrer alguma punição), era acometida por muitos pensamentos que lhe surgiam à mente. essas duas irmãs só trazem problemas para a escola, ainda têm esses cabelos. O desejo de punir Amira e Areta a arrebatava com certo prazer perverso, era algo... Uma necessidade que vinha das entranhas. O doce do sangue do negro sempre trouxe prazer para os brancos. Né mesmo? Mariá sempre enxergava isso com os seus estudos sobre a escravidão. Era isso que a coordenadora sentia, gostaria de usufruir do sangue da punição das duas irmãs. A possibilidade de recuperar o chicote está sempre presente nessas pequenas ações cotidianas dos brancos. Isso já era uma ideia de Manu. A coordenadora, que se chamava Rita Ferrenho, se sentia com o chicote na mão mesmo; era como se tivesse já estado no alto para deflagrar o golpe que antecede ao grito. A possibilidade da dor causada no outro fazia pesar o braço de qualquer escravocrata com o chicote na mão. O de Rita Ferrenho estava pesando a cada momento, a cada olhar direcionado às irmãs: a Amira que a observava com certa indignação e, para Areta, que, apesar da calma, sentia que haveria de vir algo ruim para as duas – uma suspensão talvez. Mariá defendia a tese de que, se na escravidão a punição vinha a cavalo, aqui buscasse punir, tentando burlar a ideia do racismo, esse monstro cravado no corpo de Rita Ferrenho, que falava com o dedo em riste com certa raiva: não tragam seus maus costumes da rua para a nossa escola não. Deixem onde vocês os encontraram, aqui não é local para isso. A cada frase o seu chicote ia ficando mais pesado, e sempre lhe vinha à mente: ainda tem esses cabelos, nem posso falar nada, pois senão... Vão dizer que sou racista. Aguentou a vontade de pegar no acervo secular de avacalhamento e xingamentos do fenótipo negro, e falou quase como se xingasse: vamos para a direção resolver isso. Areta com raiva da injustiça gritou. quem começou foram elas. A coordenadora retrucou, puxando-as pelas mãos. vamos para a direção. O prazer lhe veio com intensidade nessa ação, era como se tivesse deflagrado o primeiro golpe. Xipá! Tinha duas negras sob seu poder e poderia exercer a sua autoridade. Pensou: se fosse no século dezenove, com certeza meteria o facão nesses cabelos e as mandaria para a senzala. Era um pensamento simultâneo à ação que fazia. No processo de uma ação perversa, as pessoas têm os pensamentos mais absurdos; na verdade, atos absurdos, perversos pensamentos. Pode ser por aí, né mesmo?

    Amira sentia o corpo ser puxado por Rita Ferrenho, apertando o seu pulso com toda a força que poderia empregar na sua vida. Andreia e Ana Amarante davam risadas. As duas irmãs se olhavam, entendiam o que eram as injustiças ouvidas nos debates de seus pais. Começaram a sentir um repuxar de sangue nos seus pulsos, uma vontade de se desmembrar daquela mão autoritária as apertando, obstruindo a circulação natural de seus sangues. Elas notavam que a mão da coordenadora se assemelhava a grilhões, que as apertavam e as expunham de forma humilhante. Uma lágrima despencou dos olhos, criando um caminho de raiva no rosto de Areta; Amira estava segura, parecia reunir as forças para quebrar o grilhão daquela mão gelada igual a ferro. O que antecede a revolta é o sofrimento do horror. Ela é uma erva daninha a nunca parar de crescer no coração da gente. Pode ser por aí né? Amira sentia um crescente revoltar: não poderia sofrer o horror em silêncio, tinha que infringi-lo em ação. Tudo ia se costurando dentro dela – a voz da coordenadora a irritava profundamente. Ela só via seu abrir e fechar de boca em câmera lenta, afetada por toda a situação, era um ajuntar de sílabas a formar palavras feias, palavras tiradas de um acervo louco dos piores sentimentos humanos. Você sabe como é.

A coordenadora continuava a puxá-las: vamos para a direção, vocês irão perder esse costume, agora, de dar o dedo para as colegas. Areta também ouvia a sua voz em câmera lenta – horrível e deformada. Os seus corações palpitavam e quando estavam chegando à porta da direção e Rita Ferrenho já se punha a abri-la... Amira e Areta saltaram um relevo enroscado do tapete da entrada da sala, mas a coordenadora, imbuída em sua cegueira punitiva, não viu. Tropeçou. Caiu como uma jaca dentro da sala da diretora e as meninas se libertaram do aperto de sua mão-de-grilhão.

4

No ateliê, localizado no bairro do Garcia, Manu chegou ainda bufando. Pensava no olho do segurança, definia-o como olho de escravo. Procurou o seu material de trabalho, acendeu um cigarro, estava engasgado, e tinha a sorte de ter habilidade para transpor, em arte, o que estava sentindo: teria como colocar para fora tudo que sentia, sem precisar pegar em um revólver, para gastar a sua zanga. Apagou o cigarro e começou a pintar. Tracejou um olho, não gostava muito dele, desenhava melhor orelha. A imagem se constituiu por inteiro em sua cabeça: um grande olho negro, bem aberto, na verdade... A expressão de um olho com um homem branco, saindo da menina dos olhos e com um rosto franzido em ódio, atirando em direção a quem olhasse o quadro – tinha que ser nessa perspectiva. As pessoas que o vissem teriam que se sentir atingidas pelo olho deformado do racismo. Ele queria transpassar a sensação sentida quando o segurança o viu. Ele deu o nome a sua obra de *Olho de Escravo*. Sentiu-se melhor ao transpor a sua raiva, mas tinha a necessidade de criar algo mais completo, pensou em pintar vários quadros dessas sensações. Definiu assim. Em vez de pintar só um quadro, resolveu criar uma exposição completa com esse nome: *Olho de Escravo*.

Ele era bastante famoso, por isso que os críticos o chamavam de Basquiat brasileiro. Já havia exposto em vários países; seus quadros possuíam um grande valor no mercado da arte. Era muito badalado. Devido a isso, deixou o seu ateliê fechado para não ser incomodado por algum visitante ou jornalista, como também não atendia as ligações de Nandinho, com seus conselhos de engolir sapo pra vender quadro. A solidão, para quem sente as maldições sociais, faz com que produzamos beleza ao mundo. Você gosta dessa frase? Era a ideia que ele usava para ficar sozinho, apesar de gostar de criar sua arte em meio ao turbilhão de coisas. Tinha duas filhas e não poderia eximir-se de ouvir os barulhos de suas meninas em prol de um silêncio que, muitas vezes, pode ser opaco.

    Começou a desenhar outro quadro: uma cabeça que tinha dois rostos em um profundo 3D: um dos rostos era negro, mergulhado numa madrugada: sem boca, olhos, nariz, totalmente liso, sem algo que desse indício telúrico de uma ligação direta com o agudo do espírito. O outro era branco, com um riso escrachado, riso de um ditador psicopata que, de canto de boca, ordena o extermínio de milhares de pessoas.

    A densidade dos sentimentos estava sendo posta. Ele começou a achar que daria certo essa exposição, mas teria que trabalhar mais; no entanto, acendeu um outro cigarro para dar mais uma olhada na pintura, fez mais alguns retoques, essas coisas de pintores que retocam a cada olhar, depois resolveu dá-la por finalizada. Falou para si, olhando a tela. está pronta, Manu, chega.

    Resolveu pintar mais outro quadro nessa manhã, seria uma tela gigantesca, dessas que tomam a parede completa da exposição. A tela estava em branco, espraiada por inteiro no chão. Manu olhava-a fixamente, derrubou um monte de tinta preta, criou um borrão, uma espécie de buraco negro, pegou um monte de barro, no quintal do seu ateliê, espalhou por cima, criando uns relevos abstratos. Em seguida, saiu pincelando em vermelho sangue, formando uma cloaca, espécie de cataplasma maldito, no buraco negro. E começou a pintar rostos de famosos pretos brasileiros, o primeiro foi Pelé. Na verdade, foi o Edison, a figura estava anêmica, sem vida, transparecia um espírito sem substância, perdido. Era um exoesqueleto de um gênio passado, entregue às torpezas das organizações futebolísticas. Depois pintou Milton Santos, altivo, com ar de realeza e um cajado de rei afro. Em seguida, a escritora Carolina Maria de Jesus, ela era a figura mais bonita, tinha um olhar profundo, e não estava no "Quarto de Despejo", se encontrava com uma coroa brilhante de ouro, autografando o livro da eternidade. Manu ia interligando imagens na tela: figuras abstratas, monstros subjetivos; trazia reminiscências simbólicas de quilombos; além do vermelho dos blocos nus das favelas e os signos marcantes dos blocos afro – era uma verdadeira *Odisseia diaspórica em zanga e tinta*. Foi o nome que ele deu ao seu quadro. Era um visceral. Ele dizia que as artes plásticas são a expressão do que não se sabe, expresso em traços que só se sentem. meus sentidos falam quando pinto, e meu intelecto se cala, chego em meu estado natural através da pintura; é quando sou mais educado e os sentimentos saem límpidos, é quando me sinto mais próximo do belo. Falou isso Manu, em uma entrevista, para uma revista de arte famosa no mundo, que Nando ficou rosa de felicidade. isso, querido, fala o que essas bichas querem, pra gente vender quadro.

Odisseia diaspórica em zanga e tinta estava pronta. Ficou uns dez minutos olhando, tentando se convencer disso, fumou mais um cigarro para relaxar, colocou as três telas em sequências e continuou a olhar. Mudou a ordem das telas, via qual seria a melhor perspectiva. Olhou mais fixamente a figura com as duas faces: odiou-a e se afeiçoou ao mesmo tempo. Deu mais alguns retoques nela, falava para si: as pinturas sempre pedem mais coisas, são como uma personagem de um livro de literatura, com a qual o escritor começa a conviver; de repente, ela começa a lhe dar uns toques.

Pensava na exposição, que seria o nome de uma das obras, mas *Olho de escravo*, não era uma alcunha boa para tal empreendimento artístico, não ressoa como poesia, servia como nome de uma de suas obras, mas, para a exposição, não convinha. Então, resolveu escolher o nome de seu outro quadro: *Odisseia diaspórica em zanga e tinta.* isso que é um nome. Falava para si. Continuou. vou colocar à vista de todos esses sacanas a merda que eles criaram, que é fel e ódio, ódio e fel: o racismo. Trazer a olho nu o monstro que os brancos à brasileira possuem dentro de si, e negam sistematicamente para continuar cometendo monstruosidades. Se Nando visse o que ele estava fazendo... Pode crer, iria ter uma vertigem e tremer de aflição, pensando que seria o fim da sua carreira e iria dizer: que seja isso bem abstrato, Manu, bem abstrato, que essas bichas ricas não entendam nada, só comprem. Que a deusa nos proteja.

Manu tinha a mania de ir criando e depois ser tomado por conjecturas: todas as suas obras, quando já finalizadas, o ornamentavam de muitas ideias. Não entendia muito quando estava no processo criativo, mas depois as pinturas preenchiam seu espírito, a cada olhada um axioma, uma descoberta, depois de feito, ele virava um filósofo das suas próprias criações, mas nada era externalizado – burilava-se tudo em sua mente.

No entanto, ele foi despertado no seu burilar, a campainha

soou estridente. como sabem que estou aqui? Deve ser Nandinho. Estou cansado de dizer a ele que sei o que estou fazendo. Falava consigo. Depois se relembrou da crítica que recebeu de um militante no congresso de arte negra no Rio de Janeiro: você diz e faz tanta coisa, mas sua carreira é controlada por uma bicha branca que se diz progressista. Manu olhou para Mariá, engoliu a zanga e não respondeu nada. Ouviu a campainha tocando de novo e foi ver quem era, abriu a porta, viu um jornalista e um câmera. O jornalista estendeu a mão: tudo bom, Manu, marcamos uma entrevista para hoje, não lembra? Realmente, ele não se lembrava, mas disse segurando a mão do homem: sim, sim. Entrem, por favor. Eles entraram. Foram os três para uma parte mais fresca do ateliê, que ficava no quintal cheio de plantas no fundo. O jornalista e Manu se sentaram em cadeiras confortáveis. O câmera ficou fazendo umas tomadas do ateliê, das obras que ali estavam. Manu se lembrou e falou para ele: não filme esses três quadros, serão para a minha próxima exposição. O jornalista se levantou e ficou impressionado: se as suas obras não valessem tanto, eu juro que levava essa. Manu perguntou. qual? Ele falou: a cabeça com as duas faces. é muito visceral, um tapa na cara. sublime. O jornalista parecia estar em outro plano, se envolveu profundamente com a pintura. Manu o observava, via a recepção da obra naquele sujeito, e gostava do efeito causado nele e, antes que saísse do impacto sinestésico da obra, ele falou: genial, Manu, genial. obrigado. Agradeceu o artista e depois explanou: mas vamos dar início à entrevista, daqui a pouco terei que sair. O jornalista ainda se recuperava das sensações vivenciadas pelo impacto da obra e respondeu: vamos dar início, sim. O câmera se colocou a postos. Pronto, foi à primeira pergunta. Na verdade, ainda teve a apresentação que o jornalista fez dele: falou dos prêmios que ganhou, das críticas internacionais sobre sua obra, enfim, um resumo biográfico para depois fazer a pergunta. O jornalista olhou as suas anotações por algum tempo, e lhe fez a primeira: sua pintura é visceral, isso advém de um sentimento poderoso, seria a raiva? Manu o olhou mais profundamente, acendeu um cigarro, tragou e o soltou buscando, no exaurir das fumaças, uma resposta, falou: quando um menino da periferia pega numa arma, com certeza ele é movido pelo sentimento de raiva, não é raiva na verdade, é zanga. Assim, ele é capaz de fazer qualquer coisa. É quando ele consegue ser sujeito, tem por algum tempo o controle de sua vida. Eu, quando comecei a grafitar na rua, quando comecei a pintar os primeiros quadros, a zanga era o que me impulsionava, era a mesma zanga do menino, tanto eu quanto ele, queríamos ter o controle sobre nossas vidas, nem que fosse por um dia, por umas horas, então a zanga foi o sentimento original para as minhas primeiras obras. O jornalista continuou: mas você ainda sente, como você diz, zanga? Manu bateu as cinzas no cinzeiro, franziu o rosto com certa impaciência, sorriu um riso pequeno, que se fechou logo no rosto sério, pensava nas armas dos meninos, e da sua (o *spray* e o pincel) que ele carrega até hoje. Lembrou-se do segurança do colégio, dos críticos de arte tradicional que aceitam a sua arte, mas contorcem os lábios murchos quando o veem. Relembrou também do início da sua carreira: um desses críticos burgueses questionou se era ele mesmo que pintava: era muita sofisticação para alguém criado em favela. Ele sempre falava: esses miseráveis acham que somos analfabetos, que não desenvolvemos técnicas para a arte. Seu olhar se fixou no jornalista, ele estava esperando uma resposta, deu mais um trago no cigarro, exauriu a fumaça, pensou em Mariá, que lhe pedia sempre prudência em suas declarações, e disse mostrando certa impaciência: não; não sinto mais zanga. Todo o seu corpo expressava o contrário, tanto que ele depois falou: fim da entrevista, preciso pintar mais, por favor, saiam. O jornalista insistente como todos são, lhe pedia: só mais uma pergunta, Manu? vão embora, senhores, por favor. Vão embora. Conseguiu pô-los para fora, fechou a porta e gritou: desgraça! Quase esmurrando a parede da sala. Depois continuou falando de si pra si: pergunta de sacana, se tenho zanga? como não tê-la, somos odiados o tempo todo por esses caras, mas deveria fazer o que Mariá sempre me disse. Na verdade, era uma espécie de jogo fraseológico pan-africanista que ela havia inventado para acalmar a mim e as meninas: o que há de mais resistente na face da terra? o que resiste ao desgaste do tempo com magia e beleza? o que é portentosa, e que tem o poder de uma negra civilização? Ela fazia essas perguntas e depois respondia: as pirâmides do Egito, temos que ter a resistência de uma pirâmide do Egito. Kemet não é o passado, Kemet é o futuro.

    Manu estava realmente furioso, tentava amenizar o turbilhão de sentimentos que lhe tomavam. Nunca foi fácil controlá-los, ainda se sente aquele menino, que pegou na arma e se viu sujeito; que a trocou pelo pincel e se fez grande, o maior que poderia ser: um dos maiores pintores do mundo. Começou a pintar outra tela, traços de zanga. O relevo da pincelada iria demonstrar o que sentia, era algo portentoso mesmo, um profundo de uma pirâmide com uma face de um homem negro, em seu interior, com as mãos apertando a cabeça, e com um rosto se contorcendo em um desespero secular. Havia alguns outros elementos de abstrações e algumas palavras escritas, tinha uma palavra em formato de letras de grafite: *afrocentricidade*. Manu viu o despontar pictórico dessa palavra, cujo sentido Mariá lhe fez perceber. Manu continuou observando o quadro e escreveu uma frase: Menés sou eu. Escutou o telefone tocar, deixou a tela e foi atendê-lo, poderia ser Mariá e ele precisava ouvir a sua voz doce e forte.

5

    Amira e Areta se livraram da mão da coordenadora, Rita Ferrenho, que era um grilhão na sala da diretora. Além disso, elas observaram sua queda, já entrando na sala, e um sorriso travesso descambou dos seus lábios, quando uma olhou para a outra em sinal subversor.
    Falavam para si: bem feito. "pequenos atos são necessários para costurar ações de liberdade." Frase de Manu. E suas filhas entendiam isso e expressavam no espichar ousado dos lábios. Mariá sempre falava: o riso foi uma das nossas grandes armas contra todas as ignomínias vivenciadas no transcorrer da história do Brasil. O riso é nó que se dá na cabeça de branco, que quer nos fazer sofrer. Essa era uma das suas sentenças usuais, quando realizava palestras em universidades e escolas. Talvez seja por aí, né mesmo?
    Rita Ferrenho, no seu processo de queda, quando se viu perdendo o equilíbrio, tentando apertar os braços de Amira e Areta, que se deslizaram irônicos, sentiu a boca ficar seca, depois um gosto amargo tomou toda a sua língua e uma ânsia de morte lhe gelou a espinha dorsal. O chão começou a crescer em frente aos seus olhos pálidos em desespero; Ferrenho sentiu que, perdendo o controle das meninas, perdia o controle de sua vida. Estava caindo em um

buraco sem fim, e as correntes, que sustentavam a sua existência, tinham se quebrado: não teria em que se segurar, caiu como quem nunca soube ficar de pé, sem precisar do arrego do suor de outrem.

Viu-se inerte, pois não tinha pés próprios, achava que estava sendo carregada na cadeira de arruar dos séculos da escravidão por mãos pretas ainda, mas elas já não existiam como antes, e a presença de Amira e Areta representava isso naquela escola, o que a irritava profundamente e a consumia como um câncer, a lhe dilacerar lentamente os órgãos do corpo. Rita Ferrenho estava infectada pelo poder pandêmico do ódio às pessoas negras, quando ela caiu e viu seu rosto encontrar o chão em um beijo de dor e constrangimento.

Rita Ferrenho ficou alguns segundos no chão. Sentiu raiva de como as duas irmãs a viam naquela situação. O peso do riso delas eram toneladas em suas costas, o que a empurrava mais para o chão, parecia que o pesar iria abrir um buraco e enterrá-la, não conseguia se recuperar naquele instante desesperador de segundo. Era como se o mundo virasse de cabeça para baixo, parecia que estava acontecendo uma pequena revolução naquela situação cotidiana e a grande derrotada era ela. Uma dor lhe causou um arrepio por todo o corpo. Amira soltou um suspiro de riso, fazendo a coordenadora sentir mais ódio. Ela não conseguia reagir ao acidente, estava imóvel, humilhada, era o que sentia. Dizia para si, presa naquele chão: a culpa é dessas irmãs, esse povo nunca deveria estudar.

A dor e o turbilhão todo que a envolviam lhe fizeram verter uma única lágrima: síntese de tudo que sentia envergada no chão, inerte ao olhar de Amira e Areta. Conseguiu desfazer a lágrima, ela formava um caminho em sua pálida face, com brutalidade, para ninguém perceber: sentiu-a gelada nas costas de sua mão, não conseguia recolher forças para se levantar e delatar as irmãs: sentiu um pouco de medo, mas queria propor algumas punições, iria falar à diretora, porém não conseguia ainda se recuperar, existia o peso em suas costas, parecia se afundar – o pesado dos grilhões com que ela queria aprisionar Amira e Areta virou sorriso, virou ousadia de menina, a se voltar contra as injustiças, de forma tão natural, naquele transcorrer cotidiano.

As dores estavam fortes para a coordenadora, não a corpórea, mas a do espírito: era um sinal de que a sua doença era muito grave, e seu estado era terminal. Mesmo assim, ela foi se recuperando daqueles instantes eternos e disse com certo constrangimento: não se preocupem, foi só um tropeço, já estou bem, já estou bem. Levantou-se, arrumando-se para falar, não mais com tanta arrogância, sobre o ocorrido.

Areta quando viu a coordenadora caindo e suas mãos deslizando sobre o seu braço, expandiu, sutil, um sorriso; veio-lhe o pensamento, em nuvens de compreensão, mas que era, mais ou menos, como algo assim: a humildade tem muito de queda e de tropeço. Ela sabia intuitivamente os motivos de tão severa busca de suas punições. Manu tinha uma frase, a qual falava para Mariá: os que buscam borrar a nossa vida com a tinta da opressão, nunca conseguiriam entender as matizes do belo que nos envolvem.

Areta tinha ouvido do seu pai essa frase também, não entendeu de primeira, mas a sua construção frasal a tocou como uma poesia, e, como toda poesia, deixou sem explicar as sensações, mas que naquela situação lhe fazia sentido, ao observar a Rita Ferrenha estendida no chão.

Havia outra frase de Manu. Ela tinha ouvido no dia em que ele conversava com seu amigo poeta, Rodrigo Madrugada: o opressor tem muito de pastelão e um cérebro contorcido em mediocridade. Ela via a coordenadora dessa forma, grudada resignadamente no chão, como uma pastelona, salientando os piores sentimentos humanos, era risível.

Areta ficou pensando também na forma como Rita caíra: observava que, no seu corpo, não havia molejo algum, nada que lhe pudesse dar algum tipo de artimanha, de mandinga para apaziguar os efeitos da queda. Mariá sempre havia dito para ela e sua irmã, em passos de ritmo de dança baiana que: quem não sabe dançar, cai feio na pista da vida.

Amira, quando viu Ferrenho tropeçar, foi tomada por um fluxo de sentimentos, desses a ocorrerem algumas vezes na vida, e que nos levam fazer a coisa certa. Depois ela ficou observando a queda e se desprendendo daquelas mãos que atrapalhavam a circulação do seu sangue. Ela olhou com graça para a coordenadora que caía. Seu riso era diferente do de sua irmã: o de Areta tinha ousadia; o dela, ousadia e arrogância. Dizem que o gênio é sempre arrogante diante da mediocridade; não que Amira fosse um gênio, mas ela possuía uma natureza genial, o que a fazia audaz e admirável diante dos desafios que enfrentava.

Seu pai já lhe tinha falado que todo ditador é um espírito pobre, são homens corroídos pelo veneno do poder e, no mundo, essa instituição se encontra na mão de quem carrega sentimentos escrotos, verdade, de quem se vê absorto no ordinário das notas mortíferas – são míseros diabos, afastados de qualquer noção do que seja, na vida, o belo.

Amira conseguia, já em seus quatorzes anos, relacionar definições tão genéricas com o que ela vivia no ambiente da escola. Ocorria isso de forma natural, de maneira que não teve outra solução a não ser gracejar mais com sua irmã como forma de se libertar do que queria aprisioná-la, do que lhe puniria.

A sua jovialidade e atitude era o belo a se opor às feiuras do mundo. Assim, ela ficou a observar fixamente a coordenadora no chão, sentia um misto de zanga e comicidade. Acoplavam-se em seu olhar esses dois sentimentos, a dar também lugar a outro, a ironia. Amira olhava também o momento em que a coordenadora foi se recuperando e falou em constrangimento aterrorizador: não se preocupem, foi só um tropeço, já estou bem, já estou bem... Levantou-se, arrumou-se, aplumando-se para fazer a denúncia à diretora, a analisar tudo que ocorria, com o olhar de muita curiosidade.

A diretora era uma senhora com mais de sessenta anos. Morava na Graça, oriunda de uma família que vinha de uma tradição jesuítica, dona de muitas escolas na cidade. Ela se chamava Evanice Angelin e estava olhando as duas irmãs a pensar: o que será que essas pretinhas fizeram? Manu sempre dizia: esse povo que tem idade igual ou superior a sessenta anos é racista ao quadrado. Eles alcançaram um tempo onde podiam ser racistas de verdade, estavam ainda próximos dos séculos da escravidão, e podiam usar o seu acervo de ditados populares e xingamentos contra a gente, com atroz naturalidade típica do branco à brasileira. A diretora Evanice era desse tipo. Porém o tempo, as modernidades lhe fizeram tentar mascarar esse sentimento de aversão, de ódio, mas o qual ela não conseguia disfarçar, sem franzir o rosto e arregalar os olhos, ao ver o cabelo crespo de Amira e Areta, em sua escola, em sua sala.

Evanice divagava mentalmente: esses cabelos... Nunca irei me acostumar com eles. Ah!... Se fosse nos bons tempos em que esse país tinha ordem, iria cortá-los nesse momento, e, para exemplar pedagogicamente, daria uns dez bolos de palmatória, ainda tenho guardada a aposentada (era nome do seu instrumento de tortura educacional), poderia ressuscitá-la agora, como seria bom, como era bom, no início da minha carreira, quando lecionava na escola pública e dava umas palmadas naqueles pretinhos, que ousavam estudar.

Ela sentia prazer em ver Amira e Areta, ali, culpadas de alguma coisa, não importava, culpadas e isso estava bem. Quando Mariá e Manu foram matriculá-las, ela ficou mais do que surpresa, ficou perplexa. Antes, um conhecido tinha lhe falado que um famoso artista plástico e sua mulher, uma grande pesquisadora acadêmica, iriam matricular as suas filhas. Evanice ficou animada, seria mais um *know-how* para a escola e ela mesma resolveu recebê-los. Quando viu os dois, não acreditou: não pode ser. Eles são negros, terei que matricular as filhas deles no colégio. Não poderia negar, iria manchar a imagem da escola, e viu que estava diante de duas pessoas instruídas e influentes, não poderia inventar algumas desculpas protocolares para impedir o ingresso das duas irmãs; além disso, ela pensou que era bom ter a exceção da regra ao seu lado, pois, quando alguém viesse acusar a sua instituição de racismo, ela poderia dizer: não; na minha escola estudam duas negras, não somos nada disso aí que esse povo anda falando nas redes sociais. Isso nem existe em nosso país, isso ocorre lá nos Estados Unidos, aqui não há isso.

Estavam ali naquela sala as quatro, as duas irmãs, a coordenadora, Rita Ferrenho e a diretora, Evanice; a decoração era antiga, de quem sente uma nostalgia de tempos passados: na parede havia a imagem de um Jesus Cristo tradicional. Manu quando viu o quadro, no dia em que foi matricular, junto com Mariá, as meninas, pensou: esse Jesus, aí, nunca tomou um raio de sol lá do Egito. Ele nem acreditava muito na sua existência; dizia sempre: Jesus foi uma invenção dos romanos, para fazer os outros povos virarem a outra face, para tomarem mais porradas. Mariá o retrucava, para ele não sair falando essas coisas em qualquer lugar, que ficasse no nível do pensamento, das suas explanações com o poeta Rodrigo Madrugada.

Evanice deixa de observar Amira e Areta, não antes de olhar para o cabelo delas de novo, se volta para a coordenadora: então me diga o que aconteceu, a sua queda eu já vi, agora quero saber por que essas duas estão aqui. Falou com uma voz autoritária e seca. Rita Ferrenho se ajeitou mais um pouco da queda ainda e disse: encontrei essas duas no corredor em ato obsceno, com o dedo apontado para as outras colegas. Falou ofegante, mas como uma promotora que quer a prisão perpétua dos réus. Como assim com o dedo apontado? Explique direito, mulher. Indagou Evanice, com um jeito impaciente. elas... (iria falar a coordenadora quando Amira tomou a frente e repetiu o que fizera, apontando o dedo médio para a diretora) foi isso que fiz, diretora. A coordenadora, em espanto, falou: está vendo a ousadia dessas meninas, não podemos deixar que isso ocorra aqui.

Evanice enrugou todo o seu rosto, já rachado: as cavas foram ganhando profundidade com o tempo de ódio empregado, a uma grande parte das pessoas no mundo, os negros. Era uma face de pau oco, corroído pelo cupim do fel, dessas em que ninguém nunca deve ter encontrado traços de alegria, de beleza. Era realmente um rosto murcho, seco, feio, como falava Amira, em sussurro na sala, para Areta.

Essa corrosão, que acontecia no relevo do seu rosto, transpunha a configuração de um espírito cheio de defeitos. O espírito rega-se como uma planta; a cada dia, põe-se uma gota da água da sabedoria e do sol da tolerância. Era o que falava sempre o grande poeta Rodrigo Madrugada. No entanto, Evanice não regava a sua com nada disso, tinha mais o estrume da ignorância e a soberba dos ditadores.

Evanice olhava para Amira, com aquele dedo apontado para ela e, nesse momento, acho que pensou em todos os instrumentos de tortura de que ela tinha conhecimento, os quais os escravocratas usavam para torturar os negros: pensou na máscara de flandres, no tronco, no chicote; e se imaginou praticando a ação, quebrando aquele dedinho a lhe afrontar, com alguma maldade específica. Buscou se afastar dessas ideias que, se pudesse realizá-las, iria aprazê-la em demasiado. Mas aquele dedo, aquela atitude ousada, a qual nunca pensou ver um negro ter com ela, ainda mais uma menina, lhe tocou muito.

Por isso, com uma voz extraída das suas entranhas, já desgastadas pelo tempo, ela gritou: abaixo esse dedo, menina! Amira lhe respondeu: calma, só estou mostrando como fiz, diretora. Depois, ela recolheu o dedo, os uniu com os outros, formando um punho fechado. E o encostou ao seu corpo.

Evanice ainda carregava os pensamentos das torturas escravocratas, que gostaria de praticar, mas não podia. A única coisa que poderia fazer era expulsar as irmãs, mas ela iria perder a exceção da regra, que, de certa forma, camuflava o seu racismo para o resto da sociedade. Afinal, tinha duas negras em seu colégio, feito para brancos. Por isso, se indagava: não irei expulsá-las, ainda tem os pais... Seria uma solução ruim nessas épocas de ações afirmativas para negros nas universidades. Malditas ações. Os tempos são outros, e dinheiro é sempre dinheiro, mesmo sendo de preto, não poderia perder também por causa de um dedo, de uma ousadia de menina. Melhor deixá-las quietas. Rita Ferrenho estava ansiosa para ver o que aconteceria, esperava ansiosamente o veredito. A punição, o castigo para Amira e Areta. A diretora a olhou fixamente, não gostava muito dela (era uma dessas classes médias puxa-sacos, se enchesse a bola, a bexiga da sua vida, só existiria o ar da mediocridade e da ignorância) e lhe disse: pode deixar as meninas irem para a sala. Ela se enervou, falou: como isso? Evanice lhe disse: faça o que falei, deixe-as ir, agora! Ordenou com veemência, a arrepiar a Rita Ferrenho. Amira e Areta se olharam e sorriram, indo para a sala de aula. Porém, antes a sua mãe ligou, tinha pressentido algo ruim e perguntou se estava tudo bem com elas:

    tudo bem, minha mãe, estamos indo para a sala de aula. Falou Areta, que havia recebido a ligação.

    e por que estão fora da sala de aula, uma hora dessas? Indagou Mariá.

    Amira mandou Areta falar, dizer que estavam consultando um livro na biblioteca. Foi o que ela fez e depois salientou, se despedindo:

    minha mãe, agora, vou desligar, tenho aula, bênção e beijo.

    Amira falou a mesma coisa. Elas ouviram a bênção de Mariá, que ainda não estava totalmente satisfeita, com o que elas tinham lhe falado, estava com o coração meio apertado, coisa de mãe:

    está tudo bem, mesmo, minhas filhas?

    sim, mãinha, tudo certo. Só mais um dia na escola. Tchau, beijo. Desligaram o celular, entrando na sala para assistir ainda à parte final da aula de literatura.

6

Em casa, Mariá desligou o telefone também; quando ela tem esses pressentimentos, a primeira coisa que faz é ligar para as suas filhas: se não fosse nada, de qualquer forma, elas iriam sentir-se reconfortáveis, seguras com a sua ligação. Era isso que pensava. Estava em casa e tinha que corrigir as monografias de seus orientandos. Iria passar a manhã fazendo esse trabalho. Os arquivos estavam em seu computador, mas, antes de começar, ela resolveu dar uma olhada na sua caixa de e-mail, ver se tinha chegado alguma nova mensagem, alguma novidade. Estava havia uns cincos dias sem olhá-lo, ficou presa a atribulações, numa viagem que fez, apresentando um trabalho no Rio Grande do Sul. Agora, em casa, iria passar a limpo as suas notificações e atribuições escritas em seu endereço virtual. Ligou o *notebook*. Sucedeu-se – endereço, senha, caixa de entrada – enfim: viu que tinha recebidos vários e-mails, muitos relacionados às atribuições da universidade, cujas mensagens ela já tinha anotado em sua agenda, mas as mensagens que para ela importaram, de fato, foram as de sua irmã mais nova, Mara. Ela tinha terminado de se formar em antropologia, contava vinte e cinco anos, de personalidade forte e beleza transparente, quando resolveu se meter em uma comunidade quilombola, dessas bem longe, no interior do interior de algum distrito em algum município da Bahia. Afirmava que só as vivências nos terreiros da capital não lhe iriam dar o que queria. Precisava entender, pela linguagem dos rios e das matas, pouco frequentadas pelo homem branco, os traços ancestrais de seu povo. Mariá sempre lhe dizia: o quilombo foi o primeiro local de liberdade do negro na América Latina. Mara se formou, colocou isso na cabeça, quis desfrutar, ou buscar entender sobre essa liberdade do negro no Brasil, calcada na luta. Vamos aos e-mails:

Data: 05 de outubro
Assunto: Notícias
de: mara@nomail.com
para: maria@nomail.com

Oi, mana,
sei que já faz tempo que não lhe respondo, como é que estão as minhas lindas, Amira e Areta, diz a elas que essa tia doida tem muito dengo por elas, e Manu está bem né? Vi que saiu uma matéria sobre o trabalho dele no *New York Times*, parece que as deusas deram asa a esse preto e Xangô mantém a sua cara fechada para assustar, rebater o racismo de todo dia. Rsrs. Com relação a mim, estou bem, aprendendo muito, estamos implantando, aqui, um sistema de moedas sociais e um banco comunitário. Muito trabalho: ando dando aula para as crianças da comunidade, alfabetizando-as. Eu estou precisando de um texto infantil, aquele que você me mostrou uma vez, acho que se chama "A menina bela". Me manda em anexo, por favor, maninha, desejo trabalhar com eles. Olha para isso! Perguntei sobre todo mundo, menos de vc, pode, mana? Coisa de

mulher preta, que se preocupa mais com quem tomamos conta. Me diz, como você está? Sei que deve estar trabalhando muito. Não se preocupa comigo, não, sou maluca, mas tenho juízo. Prometo não demorar muito para responder aos seus e-mails.
Beijo bem gostoso, no coração de todos vcs, dengo a tu.
Mara.

Data: 07 de outubro
Assunto: Notícias
de: mara@nomail.com
para: maria@nomail.com

Oi, Mana, olha eu mandando outro e-mail, antes mesmo de vc responder. Ontem caí no samba de roda, mas antes fui numa rezadeira, uma preta velha, Xanda, 103 anos, já viu dessas pessoas que carregam em si a placidez de muita sabedoria, era o que os africanos chamam de uma biblioteca viva. Ela falou para mim que eu era linda, e que esse povo de Oxum é bonito de ver, me deu um abraço gostoso e disse no meu ouvido com carinho de mãe de todos os pretos: asé, os caminhos são seus. Sabe como fiquei, né, já sou toda metida, fiquei me sentido. Rsrs. Depois disso, caí no samba com minha gata norte-americana Valerie Thompson. Às vezes, me irrito com ela, parece que negro norte-americano, antes de ser preto, é americano, mas, pelo menos, ela já tá arranhando bem no samba e estamos nos divertindo muito. Ainda tem outro norte-americano, um *boy* branco, Michael Smith, ele fica meditando o tempo todo. Disse para ele que, se quisesse aprender a meditar, viajaria para a Índia e aprenderia com um monge budista, não com ele. Deixa eu parar de me estender, daqui a pouco escrevo um livro de tão grande

que está este e-mail, manda o conto infantil e, se possível, transfere uma graninha pra minha conta, rsrs.
Dengo a tu, Mara.

Data: 10 de outubro
Assunto: Notícias
de: maria@nomail.com
para: mara@nomail.com

Oi, Mara,
Menina, quase um mês sem dar notícia, onde vc está não tem sinal de celular? Me acabei de ligar para a senhorita. Amira e Areta estão bem, crescendo, ficando lindas e muito geniosas, estou cortando as asas pra elas não ficarem iguais à tia. Rsrsrs. Brincadeira, irmã, se ficar igual a você, será meu orgulho. Manu anda enfurnado no ateliê, trabalhando no projeto de uma nova exposição e brigando muito com Nandinho, sempre é assim, vc sabe como são esses dois. Quando ele está nesse processo de criação, fica mais sensível ao monstro social presente no cotidiano, que nós bem conhecemos. Dou sempre umas broncas nele, senão sai por aí, xingando os outros. Você conhece a peça. Fico feliz de ver vc realizando um trabalho bacana para o nosso povo, esse trabalho de economia solidária é muito bom, além de cair na gandaia, né, Mara, que sei que você gosta. Rsrs. Puxou a nossa vó, que não dispensava um samba de roda e nem um dengo. Com relação aos gringos... Eles são assim mesmo, desconhecem a forma como vivemos, como antropóloga você tira de letra, são inter-relações humanas, o complexo mundo da alteridade. Vou transferir o seu dinheiro hoje ainda; vai, em anexo,

em formato PDF, o conto e manda um beijo pra Valerie, será bem-vinda aqui em casa.
Muito juízo nessa cabeça,
Dengo a tu,
 Mariá.

Mariá anexou o conto *A menina bela*, do escritor que assinava com o pseudônimo *Escriba Torto* e o enviou.

A menina bela

Era uma vez uma Menina Bonita, ela era a rainha da sala. As pessoas diziam que a pequena era a mais formosa, pois de todas, de todas da escola, era ela quem mais parecia com as meninas que passavam na televisão e tinha os olhos, os traços da boneca, que quase toda mocinha gostaria de ter, a Barbie.

No colégio tudo girava em torno da Menina Bonita, era a mais popular, além de andar conversando com um espelho encantado; ele sempre lhe afirmava com um jeito boçal de estilista famoso:
– Bonita! Bonita! Bonita!
No mundo todo, a única pessoa a não se importar com a Menina Bonita, era a Menina Estranha. Ela estava mais preocupada com as lições de classes e com as brincadeiras, que inventava no recreio.
A Menina Bonita, que era notada por todos, sentiu-se afrontada, com a falta de atenção da Menina Estranha, pois ela era:
– Bonita! Bonita! Bonita!
Resolveu se vingar. E no dia em que todas voltavam para casa (a aula havia terminado mais cedo) a Menina Bonita parou a Menina Estranha, quase com um empurrão e disse, como se fosse a imperatriz do mundo:
– Quero que você carregue, agora, a minha mochila e as das minhas amigas.

— Não vou segurar — disse a Menina Estranha — a minha já é bem pesada como a sua.
A Menina Bonita se enrijeceu, se inchou toda, ficou com muita raiva e xingou.
— Por isso que você é toda estranha, olha o seu cabelo. Olhou o seu espelho encantado, mexeu no cabelo voando ao vento e foi embora.
A Menina Estranha ficou chateada, pensou em xingar a Menina Bonita também, mas não revidou — estava sozinha. Não falou a ninguém, nem mesmo a sua mãe, ficou até uns dias maldisposta em casa, quase doente, sem ir para a escola.
Mas num dia, ao se olhar no espelho, soltou as madeixas crespas. Observou o cabelo formando uma grande coroa de rainha sobre a sua cabeça. Assim resolveu ir para o colégio. Fez-se a magia. Todo mundo ficou impressionado com a sua beleza, a Menina Bonita entortou a boca, engolindo a inveja. A menina, nada estranha, riu, tirou o espelho que sua avó lhe dera de presente e disse ser todo feito de água da mochila, olhou-se vaidosa como uma princesa e ouviu com alegria seu espelho de água encantada lhe falar:
— Bela! Bela! Bela!

Após ter mandado o texto, Mariá se concentrou na correção dos capítulos das monografias dos seus orientandos. A primeira era sobre uma família de escravos no Recôncavo; outra, sobre a destruição do Quilombo do Cabula, 1807, em Salvador; a última, sobre a favela constituinte de um modelo civilizatório negro. Pensava também na forma como fora prejudicada na universidade: o colegiado resolveu colocá-la nos piores horários, para dar as suas aulas — conspiração da coordenadora. Ela era a única professora negra da instituição, também era um ilhéu de negritude no mar doutoral da branquitude acadêmica para os estudantes, advindos das políticas afirmativas. A única a se voltar para as pesquisas afrocêntricas e a orientar os estudantes a enveredarem por desvelar as suas histórias ancestrais. Mariá dizia sempre aos seus orientandos: Kitembu, Tempo, guardou todas as histórias e vozes do nosso povo, resta-nos, agora, fazê-las sair como um grito. Assim, ela conseguiu muito rapidamente se tornar uma referência, uma importante professora na universidade. Os trabalhos dos seus orientandos sempre recebiam boas notas, se não a máxima. Muitos outros estudantes começaram a procurá-la, para que os orientasse, o que lhe fez atrair alguns opositores, os quais buscavam dificultar a sua vida, como ocorreu no caso do horário das aulas, mas Mariá tirava de letra, trabalhava muito e tinha resultados brilhantes.

Mariá ia corrigindo as monografias: se atinha aos aspectos textuais, quando, de repente, ao ver a palavra favela, teve a sua mente povoada por uma lembrança do passado, lembranças sucessivas à leitura, que agora ocorriam no automático, sem sentido. Lembrava-se do namorado que teve na adolescência, Zito, diferente de Manu, que preferiu usar como arma o *spray* e a tinta, Zito, preferiu a arma mesmo. Mariá tinha quinze anos quando começou o namoro com ele, que contava dezessete. Zito estava sempre na porta da escola, não tinha mais saco de ouvir as parolices dos professores. A escola não falava nada sobre sua realidade, era indiferente a sua vida, por isso, ele se tornou indiferente a ela. Mariá lhe avisou muitas vezes para não ir à porta do colégio, ficaria muito vulnerável tanto à polícia quanto aos seus inimigos. Mas sabe como é o dengo: é força poderosa por cuja causa até se morre. Por isso, Zito corria todos os perigos para encontrá-la. Ele dizia sempre a ela, com seu jeito de ríspido malandro, mas cheio de chamego: sabe que é papo reto né, minha preta, que eu tenho dengo por tu. Para Mariá esta frase foi uma das mais poéticas, que ouviu em toda a sua vida. Ela também sofreu repressão no colégio, pelo fato de andar com Zito, de ser a namorada de um suposto traficante, de um bandido, era o que todos falavam. Houve um dia em que Zito lhe telefonou à noite, falando em encontrá-la na porta da escola; precisava falar algo muito importante. Ela sentiu um mau pressentimento, tentou lhe dizer para não ir. No entanto, ele desligou rápido o telefone, lhe deixando um beijo.

Nessa noite, Mariá sonhou com uma onda gigantesca de sangue vindo em sua direção e dentro da onda via o rosto de Zito, pedindo-lhe socorro. Foi o pior pesadelo que teve em toda a sua vida. Acordou angustiada e foi para a escola fazer uma prova. Fez a prova rapidamente, para sair ao encontro dele. Ele sempre a esperava numa esquina, próxima à portaria da escola. Seu coração estava acelerado. A imagem da onda de sangue não saía da sua mente. Mariá sabia que ele estava sendo procurado pela polícia, e a diretora da escola já havia falado para as autoridades das suas constantes visitas para vê-la. Para Mariá, o dia cheirava àquela onda de sangue. Acabou a prova. Saiu rapidamente para ir ao encontro de Zito, ele estava já na esquina. Esperava-a e pensava em largar a vida louca, iria lhe dizer isso, e tentar se adequar ao mundo, que parecia odiá-lo. No entanto, como desventura de último ato na vida, uma viatura passou e um policial (que já tentara prendê-lo noutra situação) o identificou, olhou-o com aquela cara de cão raivoso, com dentes metálicos de maldição. E qualquer malandro sabe quando isso ocorre – a vida já está por um fio: os policiais saem já espumando das viaturas. E Zito sabia, se o pegassem, não iria sobreviver. Mas, se morresse, seria como homem. E quando você enxerga uns canos apontados em sua direção e o fim parece ser um imperativo – tirasse o cano e dá-lhe também. Foi o que Zito fez, antes de receber os pipocos metálicos, a perfurarem seu coração. Mariá saiu apressada para a portaria da escola, quando viu as balas o acertando e seu corpo de rapaz-homem caindo, tombando no chão. Correu desesperada, misturando as suas lágrimas ao sangue do namorado. Ele ainda teve forças para lhe falar: sabe que é papo reto, né, minha nega, que eu tenho dengo por tu. Morreu.

Mariá se recuperou dessa lembrança marcante de sua vida (não antes de verter algumas lágrimas) e voltou a corrigir as monografias dos seus alunos. Depois pensou em Manu. Ele conseguiu fazê-la criar dengo e sonhar de novo, além de ter uma arma poderosa também que a encantava – a arte.

Os dois se conheceram na universidade, mas foi na casa de uma amiga, uma estudante de filosofia, Íris, em seu aniversário, que realmente surgiram as primeiras impressões de um grande sentimento.

Íris morava em um dos lugares mais encantadores de Salvador, a Cidade Baixa, especificamente na Ribeira, bairro onde o mar se estende como um tapete ao horizonte da poesia. Em seu aniversário havia sempre muitos artistas: pintores, grafiteiros, poetas, teatrólogos e músicos. Havia no quintal da sua casa um grande muro, o qual ela pintou de branco para que todos que chegassem, sendo artistas ou não, desenhassem o número sete e pudessem depois se expressar, da forma como quisessem, com uma frase, desenho, grafite – tinha-se muita beleza nas ações.

Quando Manu chegou ao aniversário, Mariá já se encontrava. Ele era um jovem artista ganhador de alguns prêmios relevantes. As moças ficavam a sua volta, rodeavam-no, sentiam-se atraídas. Ele já tinha deixado marcas de chamego no coração de algumas, e mágoas no de outras. Mariá não era muito de festa, estava mais preocupada com a sua formação, mas Íris insistiu tanto que ela não teve como resistir. Ela via Manu paparicado pelas meninas, e não estava preocupada com nenhum artista badalado. Discutia com Melissa. Feminista branca, arrogante e de inteligência assoberbada. Era o que Manu dizia dela. Ela retrucava Mariá, porque não tinha ido à marcha feminista, ocorrida no centro da cidade, onde todas tinham saído com os seios à mostra. Mariá lhe respondeu com muita serenidade: irmã, não deu pra aparecer, desculpa. Mas – veja bem – a mulher negra sempre lidou com o corpo de forma diferente da mulher branca, você sabe disso. Nossas subjetividades corpóreas foram constituídas em contextos históricos diferentes. Mostrar os seios nus é subversor pra vocês, o corpo negro já é subalternizado demais para ficar nu ao gosto dos seus movimentos. Mas acho massa que vocês façam.

Manu observava-a, conversando com Melissa, com muita altivez e segurança intelectual. Via nela beleza, classe. E um sorriso, o mais bonito que já tinha visto. Nessa hora, pensou em vê-la muitas vezes em sua vida. Foi para o muro branco, desenhou um sete em letra de grafite e depois pintou uma rainha – Mariá com uma coroa de ouro em sua cabeça. Depois disso, todos começaram a ver a pintura e a olhar para ela, que não tinha visto ainda. Assim, Íris chegou perto dela, falou: o aniversário é meu, mas quem ganhou o presente foi você. Todos saíram da frente. Ela se viu representada na obra do jovem pintor, que, depois desse dia, se tornou, como ela mesma dizia, o dengo maior da sua vida.

Mariá, pelo jeito, não estava para corrigir monografia de ninguém: as lembranças tomavam-na nesse dia, mas sabe como é – obrigação se cumpre irremediavelmente. Controlou as reminiscências e conseguiu terminar as correções das monografias. Viu que os trabalhos dos seus orientandos eram promissores, e com os alinhos que fazia iriam provavelmente, a depender da banca, receber a nota máxima. Tudo finalizado. Desligou o computador, resolveu ligar para Manu. Saber como ele se encontrava, se o trabalho estava indo bem, e informá-lo de que não precisava ir buscar as meninas no colégio – ela iria fazer isso. Pegou o celular e ligou para ele.

7

Mara abriu o e-mail, viu a mensagem de Mariá. Estava ainda de ressaca do samba do dia anterior. Tinha ajudado a conseguir recursos para financiar e preservar as manifestações culturais do quilombo. O asè de Xanda substancializou o seu espírito. Na verdade, ela já não acreditava na ideia de espírito. Achava que o movimento da existência era um só. As dicotomias e divisões do mundo ocidental não entravam mais na sua cosmogonia. O coexistir natural não perde tempo com essas besteiras. Era um fato isso para ela. Mara afirmava que estava fazendo uma espécie de higienização pós-academia. Bote fé. Era necessário depois do bombardeio das teorias dos intelectuais europeus e brancos brasileiros. Era o que dizia. Decantou o que lhe servia. Expurgou o resto. Ela tinha algumas ideias: abstrair a cosmogonia civilizacional de Kemet – marco fundador – reverenciar em bênção aos pés de Olorum – o asè – entender organicamente a resistência histórica dos quilombolas para compor belezas. Falava isso sorrindo para todo mundo. Mariá dizia: é coisa de jovem, mas é uma ótima coisa. Dê conta, irmã, será grande. Mara admirava muito a irmã. Ela que deu o salto primeiro na família. Tinha aplanado o terreno para ela pisar suave. Manu também a ajudou. O gênio dele a compôs em altivez. Deixou-a imponente e descolada. Abriu o arquivo em anexo no e-mail que sua irmã lhe tinha mandado. Viu o texto que precisava. Disse pra si: a mana nunca falha. Leu o conto inteiro. Começou a preparar a aula. Tinha que tratar de identidade, fomentar a autoestima das crianças no quilombo. Queria salientar a beleza dos seus traços, dos seus fenótipos. Compor realezas nos seus *oris*, nas suas cabeças. Orgulhava-se de Amira e Areta. Desde que nasceram, as miçangas das suas coroas já foram sendo colocadas por Mariá, Manu e ela. Mara queria botá-las também na dos seus estudantes. Era uma das suas missões no quilombo. Iria usar na aula também os poemas de Rodrigo Madrugada, um poeta famoso, muito amigo de Manu. Ele tinha um livro de poemas infantis, um único feito para criança: Mara sabia que seria bom usá-los. Quando ela era adolescente, ficou cheia de chamego por ele. Madrugada ria e dizia: o primeiro dengo de uma menina não pode ser por um poeta: poeta só pega dengo de segunda e de terceira, mas pode ser por outro garoto com sentimento poético, entende? Mara riu e se lembrou de como ela ficava amuada quando Madrugada dizia isso. Ele fumava o seu cigarro e dava livros para ela ler.

    Mara achou na internet um vídeo de uma menina cantando *rap*, falando da beleza dos cabelos crespos. Era muito interessante para mostrar aos alunos. Tinha já bastante material para uma boa aula. Muitas miçangas na mão para colocá-las nas coroas dos estudantes. Era necessário. Ela mesma levou Amira e Areta para shows de *rap* em Salvador. Tinha muitos amigos nesse circuito. As suas sobrinhas aprenderam a cantar com ela. Sabiam fazer *Freestyle* como nenhuma outra menina das suas idades. Eram espertas. Mara sorria ao rememorar as sobrinhas, sentiu um leve aperto no peito, deduzia que era da saudade. Mas parecia ser outra coisa. Atualizou a caixa de entrada do seu e-mail, entrou numa rede social, observou um monte de notificações. Nada lhe interessava, olhou-as de passar a vista. Depois viu a mensagem de um ex-namorado. Tentando reconstruir flerte. Riu. Já era passado. Disse pra si: será aflição o que estou sentindo. Depois ligo pra Mariá: saber logo sobre as meninas e acabar com essa sensação. Olhou a caixa de e-mail. Observou que tinha um novo e-mail, era da universidade em Lagos, na Nigéria. Ela tinha se candidatado a uma vaga no mestrado lá. deve ser isso a aflição. Será que meu projeto foi aprovado? Abriu a mensagem. E gritou de alegria. Passou na seleção. Era o que ela desejava. Ficou eufórica. Respirou e viu que já estava próximo do horário de a van passar para ir ao arraial. Depois ligava para Mariá, não poderia perder a aula e tinha marcado com Valerie Thompson (que tinha ido ao banco resolver algumas burocracias) de se encontrarem na estação de ônibus.

    Mara levantou-se, quase se esqueceu de fechar as suas abas: fechou tudo. Saiu da *lan house* feliz do feito. No quilombo quase não tinha sinal de internet e nem de celular. Dois anos na Nigéria, seria muito bom para a sua formação. Fora o que tinha planejado desde a graduação. Era o que queria de fato.

    Já estava atrasada. Valerie já deveria estar na estação. Andou mais rápido. Sentiu a tepidez da pequena cidade. O quilombo ficava a cinco quilômetros de distância. Se perdessem a van, só iria passar outra depois de três horas. Correu. Aproximou-se da estação, viu Valerie acenando para ela. Era a van. Correu. O carro a esperou. Conseguiu pegá-lo.

    hi, Valerie. Valerie a olhou um pouco irritada: vamos falar em português, por favor. Mara fitou o seu rosto, fingindo não entender: *what*? Valerie a beliscou. As duas deram risadas.

8

Depois que Ana Amarante e Andreia conseguiram fazer Rita Ferrenho levar Amira e Areta para a direção, se vangloriaram no corredor, com as outras meninas. Andreia se sentiu satisfeita com a possibilidade de punição das duas irmãs. Ela se sentiu mais inserida, pensava que seus atos contras as irmãs a fariam mais branca. A cada ato a favor da branquitude, apagava-se um pouco da sua melanina. Não a da pele, mas aquela cognitiva, identitária, que nos faz enxergar o que verdadeiramente somos.

Se Mariá fizesse a análise do caso de Andreia, iria chegar ao diagnóstico de que o seu espelho tinha sido quebrado, e ela buscava reconstruí-lo com a cola áspera da branquitude.

Se fosse Manu, ele iria chegar à conclusão de que até agora o mundo não dera todas as tintas para Andreia pintar o quadro belo de si mesma.

Se fosse Rodrigo Madrugada, com seu jeito de poeta minimalista, iria dizer: matar o que, na gente, o mundo odeia, é afirmar o ódio do mundo.

Se fosse Nandinho, iria falar, mexendo em sua franja roxa: auto-ódio é uó!

Se fosse Mara, afirmaria: a ancestralidade salva.

Se fosse Evanice, iria dizer: Andreia é uma mulatinha, "sararou" bem; está mais para branco do que para preto, é suportável. Além de ser filha de um europeu rico.

Ana Amarante voltou a discorrer sobre a Disney com as suas amigas, as quais falavam também de outras viagens, já feitas pelo mundo. Andreia resolveu ir ao banheiro, precisava retocar a maquiagem e, quando estava se olhando no espelho, pensou como Amira e Areta estavam bonitas, depois expulsou esse pensamento de sua mente. E voltou para perto de Ana Amarante. tomara que elas sejam expulsas. Falou para ela, que contra-argumentou: expulsas não vão ser; no máximo, receberão uma advertência, ou até uma suspensão.

Para Ana Amarante, o mundo era um grande *shopping center*, onde poderia passar o seu cartão de crédito e comprá-lo todo, em fatias de diversão. Seus pais lhe passaram sempre a ideia de que o Brasil deveria ser como uma Europa, que nem existia mais. Aquela do século XIX, quase em sua totalidade branca. Por isso, Ana Amarante se afetava tanto com a presença de Amira e Areta em sua escola. Espaço que, para ela, deveria ser uma micro-europa novecentista nos trópicos, logo não havendo lugar para as duas irmãs negras.

Manu falava sempre quando discutia as idiossincrasias da elite brasileira, com Rodrigo Madrugada: eles são atrasados, salientam o seu racismo contra a gente, salientando um sonho idiota de serem a Europa. Veja a televisão, é uma microeuropa com a paisagem nacional. Não é mesmo? Na tela da TV brasileira há mais brancos do que todos os brancos encontrados nas regiões do país. Riu Madrugada, depois, disse para Manu: hoje eles estão babando os ovos dos EUA.

Ana Amarante e Andreia estavam ainda no corredor, observaram a entrada de Vinícius, fazendo uma descrição direta dele – era um *playboy* juvenil. Andreia estava completamente encantada por ele. Vinícius era primo de Ana Amarante, e não notava muito Andreia, apesar de já ter ficado com ela. Gostava do jeito transgressor de Amira, que ignorava a sua existência. oi, primo. Falou Ana. Vinícius olhou para as duas no corredor de um andar superior. oi, prima. Andreia olhava-o com os olhos derretidos. Ele era a representação fiel dos príncipes dos livros infantis, lidos pela sua mãe, dos desenhos a que assistia, dos galãs juvenis que cresceu vendo na TV. Era o namorado dos seus sonhos e o homem futuro para se casar. Até o seu pai, o belga, Simon Kompany, iria gostar dele, pensava ela, talvez tivesse problema em apresentá-lo a sua mãe, de quem ela quase não falava para os seus amigos. Mariá sempre afirmava: sabe-se que os pretos brasileiros, os quais passaram por esse processo de branqueamento, sentem sempre vergonha do que os remete à negritude. O que, no caso de Andreia, era Fernanda, sua mãe. Cabe bem aqui, nessa situação, o dito popular: "criou cobra para lhe picar".

Fernanda criou a filha para lhe negar, criou a filha para ser branca, porém ela nunca iria deixar de ser preta. Mas estava preparada para isso, já tinha passado por tantas negações que a da sua filha aguentaria tranquilamente para fazê-la feliz.

Andreia divagava sobre todas as possibilidades com Vinícius. Via o seu futuro perfeito com ele, o que a impulsionou ao cumprimento. olá, Vinícius. oi, Andreia, no intervalo quero falar com você. Respondeu ele, dando um sinal para Ana Amarante. Ana lhe respondeu com um sinal também. Ele sumiu em outro corredor para entrar na sala de aula. Andreia ficou muito alegre: o seu príncipe iria falar com ela, talvez ele viesse pedi-la em namoro. Era o que lhe vinha à cabeça. Com relação a sua mãe, iria dar um jeito. Ela iria entender. Falou para si: mãinha sabe que essas coisas são assim.

 Ana Amarante olhava para Andreia, com os olhos fitos de conspiração. Pensava no que tinha preparado com o seu primo no intervalo para Andreia. Sentia-se até ansiosa. Vinha-lhe à mente a ideia de que seria mais divertido do que o que tinha feito com Amira e Areta. Teria mais adrenalina. Mais emoção. Falava para si: essa idiota acha que é minha amiga. Só porque é filha de um gringo, está enganada. Hoje ela vai entender onde é o seu verdadeiro lugar.

 Algumas outras meninas sabiam também do plano, da conspiração. Andreia, voltada para as suas elucubrações de adolescente apaixonada, não enxergava a maldade que se construía a sua volta. Ela se sentia branca igual a eles, não lhe poderia acontecer nada demais, eram todos seus amigos. Rodrigo Madrugada dizia sempre uma frase, como se fosse um mote poético: a assimilação do preto não se dá por completo na cabeça do branco, se dá pelas partes que o beneficiam. Ana Amarante olhou mais uma vez, com fitar de conspiração, para Andreia e falou: vamos para a sala. A sirene tocou, elas foram assistir às suas aulas.

9

Manu atendeu ao telefone, alô. Era realmente Mariá. oi, preta. Ela respondeu. oi Manu, veja bem, nego, não precisa ir buscar as meninas hoje na escola, eu vou. E as coisas estão bem por aí, né? E vê se não xinga ninguém por causa do racismo, que você sabe muito bem como funciona aqui, em Salvador. Ele se alegrou, falou: estava precisando ouvir a sua voz. Fique tranquila, preta. Vou ficar aqui trabalhando. outra coisa. Falou Mariá. e não me apareça com nenhuma bunda abstrata, desenhada das mulheres, que você fica olhando na rua. Ele deu risada: as minhas vistas só são preenchidas por uma beleza, a sua. Ela ficou toda derretida: tá bom, preto, bom trabalho aí, se cuida, beijos. Beijos, Mariá. O dengo quando acontece na vida adensa-a de sentidos, de sabores. Frase de Rodrigo Madrugada, que agora mesmo tocou a campainha do ateliê.

e aí, Manu, beleza? tudo, Madrugada, entre, entre. Madrugada entrou, olhou os novos quadros. que bonitos! Explanou. Não era um tipo de homem que tecia críticas de arte, resumia as impressões em pequenas frases, ou exclamações: genial, Manu, poderosos quadros. Além disso, o seu olhar de poeta, no processo de recepção artística, já dava a noção perfeita – se a obra, que via, era grandiosa, ou não.

Ele era minimalista dos pés à cabeça, via a vida por síntese, tinha a mania de afirmar que enxergava a existência em, no máximo, quatro versos. Muito mais do que isso extrapolava a sua sensibilidade de poeta. Madrugada era desse jeito mesmo, era uma dessas pessoas raras – homem de intelecto e de estro.

Rodrigo Madrugada foi visitar Manu, para lhe mostrar dez haicais. Ele tinha feito, observando a alta noite. No entanto, era para uma revista de uns japoneses paulistas. Eles tinham lhe encomendado, já passava de um mês. E a única pessoa para quem Madrugada tinha confiança de mostrar, antes mesmo de qualquer publicação, era Manu. Já fazia isso havia uns quinze anos, quando se conheceram.

Ele dizia sempre para Manu que os verdadeiros poetas estão em extinção no mundo, muita gente publica livros, aparenta ser poeta, dá palestras, mas ele afirmava que eram subjetividades irrelevantes, modismos de acadêmicos, ou arroubos de desvairados na rua.

Um jornalista, numa dessas festas literárias, que ocorrem por todo Brasil, lhe perguntou certa vez: quando foi que ele se descobriu poeta? Madrugada lhe respondeu minimalistamente: quando não desejava sê-lo.

Ele estava angustiado. Fez os poemas, mas não sabia se estavam bons. O automatismo criativo o deixava muito envolvido, a ponto de não saber mais nada sobre as poesias. Por isso, ou mostrava a Manu, ou teria que se afastar e voltar depois de muito tempo como um leitor, lendo a sua obra como observador. Mas não tinha esse tempo, o prazo de entrega já se havia esgotado. Teria que mandar. Também dizia pra si: que se foda, não sou uma indústria de fabricação de poemas. Mas, como já estavam prontos, imprimiu e foi mostra a seu amigo.

Manu adorava os seus poemas; para ele, Rodrigo Madrugada era o melhor poeta vivo. Queria muito preencher o seu peito com o ritmo dos seus poemas, estava até ansioso. Explanou: me deixa ver, Madrugada? Espera aí, Manu. Ele abriu a mochila, tirou um litro de vinho argentino: vamos primeiro molhar as palavras. Abriram o vinho, Manu achou umas taças, meio chuviscadas de tintas, brindaram e tomaram o primeiro gole. Os dois acenderam os cigarros. Exauriram e Manu lhe pediu de novo: vamos lá, meu grande poeta, o chamego das mil musas, me deixa ver essas poesias. Rodrigo tirou da mochila os haicais impressos em folha A4 e lhe mostrou. Estão aí, mas quero que leia para mim; preciso entendê-los como um leitor, uma apreciador de poesia, não como poeta. está bem. Falou Manu. Começou a ler o primeiro, com a voz empostada, uma naturalidade lírica e espontânea:

Os Olhos dos gatos
são pequenas luas cheias
seduzindo ratos.

Os dois sorriram. Manu tomou mais um gole do vinho, tragou mais um pouco o cigarro. Olhou para o poeta e falou: poxa... Perfeito, Madrugada, isso se chama clarividência poética. Exatamente! É esse o nome com que posso substantivar este haicai. Rodrigo soltou mais umas nuvens da fumaça do cigarro e engoliu a afirmação de Manu, com mais um pouco de vinho. Manu estava muito empolgado: deixa eu ler outro. Iniciou a leitura com uma voz de penumbra e as mãos balançando, marcando o ritmo, como se estivesse regendo uma orquestra:

> *A sombra da amante*
> *expele, em penumbra, a fumaça*
> *de um fino cigarro.*

Os dois ficaram em silêncio ao final deste. Há poemas que, após a recitação, precisam ser degustados em silêncio mesmo. Assim eles vão adentrando os nossos sentidos, até alcançar o coração. Eram homens de grande sensibilidade, construídos molécula a molécula pelo sentimento poético. Manu esperou o poema chegar, se envolver nas batidas do seu peito, falou: magistral, meu amigo. São pinturas minimalistas em forma de poesia, na verdade, são o retrato três por quatro do que você viu na madrugada. você é foda. O vinho já estava no meio, bebiam que nem sentiam; era assim o encontro desses artistas, sempre dava contos de beleza.

Madrugada o ouviu e depois discorreu: acho, Manu, que a alta noite me arrebatou, tem dessas coisas com a poesia: o momento iluminador lhe pega, na verdade, ele chega até você com uma beleza, e ele pode até lhe cegar, se não estiver com os olhos preparados. Mas você tem que capturá-lo, não pode deixá-lo fugir, como você bem entende, pois na pintura deve ocorrer a mesma coisa. sim, ocorre, Madrugada, ocorre. então, ontem em mais uma noite insone foi isso que ocorreu comigo e saíram esses haicais. sei como é, Madrugada, momentos onde o Belo aparece, e ele surge até nas situações mais horríveis, às vezes; comigo ocorreu desse jeito hoje, quando fui levar as minhas filhas ao colégio, a beleza surgiu através de um sentimento de raiva ao racismo cotidiano. Mas me deixa ler outro poema, a alta noite foi sua musa e lhe deu os seus tesouros:

> São dois corpos negros
> na madrugada cobertos
> em mantos de chamego.

Sabia que não iria deixar o dengo de fora, né, poeta? claro, Manu, esse é o imperativo das grandes mulheres e dos grandes homens, e sempre está presente na noite, que é o seu leito, assento de chamego. sei, Madrugada, o dengo é o que faz a razão abaixar a cabeça aos seus pés em devoção. isso, Manu, é o que faz o homem melhorar, pois já não existe razão para ele ser ruim.

O litro de vinho já findava, enquanto eles iam trocando expressões sensíveis sobre o dengo. Manu viu, foi buscar cervejas na geladeira, para continuarem molhando as suas palavras.

Os dois eram homens, que não faziam mau uso das palavras. Todas saíam de acordo com os seus corações e pensamentos. As palavras, para eles, eram sonorizações sensíveis, que davam conta das suas vidas. Elas transparecem os seus corpos-espíritos, no caso da palavra escrita, em linhas, que, na abstração dos olhos, tocam o coração. Eles tinham, naquele momento, reunidos, em si, a sensibilidade universal da inteligência negra, eram geniais.

Manu trouxe as cervejas, abriram e degustaram o seu gelado necessário. então Madrugada, me deixa continuar. Ele olhou atentamente para o poema, parecia fazer uma leitura silenciosa primeiro. Olhou para Madrugada, que estava observando a *Odisseia diaspórica em zanga e tinta*. Começou. O poeta deixou o quadro e abriu os ouvidos para escutar a recitação.

Dentro do cérebro
um esqueleto...
um dissecado pensamento.

Só após a leitura deste poema, Madrugada o entendeu, não por completo: há poemas que escrevemos, mas em relação aos quais nunca se consegue fazer uma abstração racional. Ele dizia que eram poesias com as quais se fica eternamente envolvido. São as que se encontram sempre no nível do coração, e brigam para não passarem ao nível de esquematizações cerebrais.

Manu viajou muito nesta poesia, tinha uma surrealidade, que sempre usou em suas pinturas, gostava disso. Depois ele falou para Rodrigo Madrugada: as expressões saídas do inconsciente são realidades explodidas. sim, Manu. Concordo. São as partes ocultas que muitas vezes dizem mais que o todo. São pedaços do pano da roupa que vestimos. Exato, Madrugada, e esse seu poema tem disso. na verdade, Manu, não é nem o pedaço do pano da roupa que vestimos: é a própria linha que cose a roupa e não fica à mostra. pode crer, Madrugada, os artistas, principalmente os pintores e poetas, adentram com mais facilidade no abissal dessa realidade, conheci alguns que mergulharam muito e não voltaram. Alguns buscam chegar por via dos alucinógenos (um olhou para o outro, e deram uma cínica risada). Fazem as suas viagens psicotrópicas, e não conseguem pegar o voo de volta para casa. Outros vão e voltam, sem problema. ocorre mesmo, Manu. Eu mesmo sempre gostei da tranquilidade da erva sagrada, sempre abrandou o meu espírito, depois de um dia de trabalho. o meu também, Madrugada. O meu também.

Os dois bebiam mais cerveja. Manu ia ler outro poema,

mas uma pergunta, um pensamento saiu junto com a sua fala. e as mulheres, Madrugada, como andam em sua vida? Sei que você quer chegar a meio século, com cinquenta poemas feitos de cinquenta dengos. Me falou isso quando tínhamos vinte e poucos anos, se lembra? sei que a contagem já é grande, mas me conte, como anda? Madrugada buscou a resposta numa mulher que via, pela janela, passando em requebrado sutil pela rua. Manu, pois é, talvez não chegue a esses dengos todos aos cinquenta, visto que daqui a alguns anos essa conta bate à porta do meu tempo. E isso foi uma ideia idiota de um jovem poeta. Nunca coube. Mas nunca mais meu coração explodiu com aquela força existencial e poderosa do dengo. Muitas flores vão rolando, mas sem o perfume do chamego na minha vida (via a moça de andar insinuante, sumindo da visão). tive nos vinte anos sucessões de chamegos de mulheres magníficas, que me fizeram todos os bens e todos os males, a caber dentro do coração de um homem. Mas depois dos trinta em diante... Acho que a experiência me transformou no sujeito sabedor e todo sabedor é meio canalha, desses que parecem entender o ideograma do coração de uma mulher na primeira leitura. Elas se tornaram um haicai na palma da minha mão. Sei fazê-las felizes no momento, mas não consigo carregá-las em destino. O dengo supremo se tornou um espectro desejável, mas meu coração se tornou pequeno para esse sentimento. Coraçãozinho de poeta. Uma miséria descabida no mundo! Nunca mais vi uma prepotência, que se estende ao andar malicioso da flor do chamego. Algo que desse interferência na minha visão apurada de canalha conquistador. Devo estar morrendo por dentro, Manu, dessas mortes de velho que sabe o dia e a hora da sua morte. Sou um desgraçado experiente, Manu. Um canalha nocivo a dilacerar o coração das mulheres, só porque não consegue sentir o dengo supremo de novo por elas. Mas que sabe todos os artifícios, para deixá-las em chamego. E as pessoas, de certa forma, se repetem em suas idiossincrasias cotidianas, preciso sempre de dengo para suportar isso. Senão fico insosso, fico muito Madrugada.

    Houve um silêncio reflexivo nesse momento, até o rompimento de Manu. talvez poetas, assim como você, exijam sempre sentimentos e pessoas grandes na vida, mas isso não aparece facilmente. Há momentos na trajetória de um artista que uma calmaria de sensações pode ser instrutiva. Ninguém pode seguir em ritmo de chamego o tempo todo. Todo rio se abranda um tempo, para explodir em agitações. Talvez esteja na fase da tranquilidade, plácida como a alta madrugada. Falou isso rindo, Manu. Depois continuou, deixa eu ler outro haicai. Tirou o olhar de Madrugada, que estava reflexivo, fitou a poesia e leu, recitativamente:

O silêncio absoluto
é a delicadeza
em corpo de madrugada.

    Após ler, nosso Basquiat brasileiro riu muito e disse: Madrugada, esta poesia dá conta do seu estado com as mulheres. Seu coração está no silêncio absoluto, daqui a pouco surge uma musa gritando, fazendo com que ele bata mais forte e você terá mais um poema para o seu livro... Como ele se chamará mesmo? Rodrigo Madrugada o olhou com um sorriso, de corte canalha à boca, falou: *Cinquenta poemas, cinquenta chamegos irresolutas*. É esse o nome, Manu. bom nome, Madrugada. Obrigado, Manu, vai ser uma homenagem a todas as mulheres que movimentaram meu peito e me impulsionaram ao verso. Riu de canto de boca. Manu o olhou fixamente: há algumas que não vão gostar, sabe disso. que nada, Manu, a língua ornamentada com os sentimentos e metáforas do viver intenso não deve ser problema para a sensibilidade feminina, deve ser apreciada. Os corações que me tocaram não iriam me amaldiçoar por cravar na escrita o dengo. pode ser, Madrugada, pode ser. Um livro posto no mundo, em traços vivenciais de grandes experiências, é como o alimento – necessário. Rodrigo olhou para Manu madrugadamente, acendeu um cigarro, exauriu a fumaça e lhe falou com um risinho: você também, Manu, antes de Mariá, era cheio de chamegos, de moças que se derramavam pelo genioso artista. Era tido como o mais charmoso, o dândi das negras e das brancas na universidade. Sei que, quando se chamegou por Mariá, deixou muitos corações magoados. sei disso, Madrugada, mas todas essas mulheres que tive, só tinha em partes o que eu encontrei no todo em Mariá. Quando se encontra um todo harmônico, não se perde e abdica-se de todas as partes. Entende? Eu tinha vários chamegos, que é só um traço do dengo. Com Mariá, encontrei o traço de todos os chamegos – o supremo dengo. Vi nela o que sempre busquei: o tesouro, a mulher rainha de sorriso lindo e segurança intelectual, de uma (como falava as nossas avós) brabeza ancestral e tamanha beleza, que me encantou.

 Madrugada via o brilho seguro das afirmações no olhar de Manu. Fez uma retrospectiva, em instante de segundos, dos seus chamegos e falou para ele: acho que só vivi... Só tive as partes, por isso que vou reuni-las no todo – o meu livro. Deu risada. Manu sorriu também e lhe disse: sacana. A poesia já comeu essa cabeça, corroeu seu cérebro, não tem mais jeito, né, Madrugada? ela, Manu, às vezes parece ser um vício, já lhe disse, penso e vivo através dela, em no máximo quatro versos. Imagine se pensasse como um sonetista, talvez tivesse mais equilíbrio, essa espécie de poeta... Eles são mais racionais, vivem até não existir uma gota de poesia em seus sangues, só poema. Um dos poucos sonetistas de que gostei, em toda a minha vida, foi Cruz e Sousa, vida imiscuída com o gênio. Fora grande. Porra, Manu, você é a única pessoa que me faz falar muito. Às vezes me irrito com isso. Mas vou sintetizar: você tira mais que poesia de mim, me faz desaguar em prosa. Riu. saiba! Não gosto disso, viu, seu sacana. Manu deu risada, falou: nossas conversas não conseguem comportar poucos gêneros, comporta muitos. Madrugada tomou um gole grande de cerveja; na verdade, virou de uma vez e limpou com o antebraço a boca espumada. é por aí, mesmo, Manu, muito tempo de convivência, muita história.

 Os dois tinham uma admiração mútua, a aptidão para arte se deu de forma bem natural para eles, e conseguiram dar certo, eles afirmavam que estavam em constante subversão, essas eram as suas existências, quebrar barreiras para espraiar o Belo.

 Madrugada olhou pela janela de novo, viu um carro da polícia, franziu o rosto e se lembrou de um *rapper* amigo seu: se lembra, Manu, de Menino-homem, grande *rapper*, que morava no Beiru? Lembro sim, Madrugada, ele trouxe para o *rapper* elementos do candomblé, uma batida forte que se imiscuía com a sua voz poderosa e letras, que não eram tão diretas como as usuais. Possuía uma psicodelia tambórica ancestral, não era isso, Madrugada? era sim. Isso ocorria porque ele tinha crescido no terreiro, teve uma educação ancestral, antes da oficial, isso lhe deu o gênio, influenciou-o na composição de suas letras e músicas. Até hoje as escuto, Manu, ele foi um talento da nossa geração, que foi extirpado.

 O olhar de Madrugada se tornou mais reminiscente: até hoje me lembro do seu funeral, da comoção em toda comunidade negra da cidade. Pois é, Madrugada, foi um dia de muita tristeza, e também teve beleza, ao se ver a rapaziada cantado as suas músicas, quando ele estava sendo enterrado. Ele, mesmo com o sucesso, nunca quis sair da comunidade, era o seu grande mocambo, sua tribo de guerreiros, que num dia de invasão da polícia, quando voltava de um show no Pelourinho, tarde da noite, recebeu o ódio dos soldados, com dentes de cães furiosos e as balas de seu extermínio, na covardia das abordagens assassinas – morreu o Menino-homem.

pois é, Manu, fiquei tão abatido, e escrevi muito nessa época. eu também, Madrugada, pintei demais. Acho até que os meus quadros, os de maior sucesso, advêm das sensações vividas e sentidas nessa época. Manu virou a folha de papel-ofício, para ler o próximo poema e falou: este, Madrugada, tem muito a ver com a nossa conversa:

A luz do poste não esconde
a sombra do homem
com o cano de fogo.

pois é, Manu, devem ser impressões daquele tempo ainda: o vivencial que é sempre presente, mesmo com o sucesso e dinheiro dos tempos atuais. Ele olhou de novo para os quadros no ateliê, lhe veio um versinho à cabeça, mas perdeu-o, bebeu mais cerveja, acendeu outro cigarro, esperava pela leitura de mais outro poema, mas Manu pensava também, estava em estado de *flashback* de novo. Os pensamentos quando vão ao passado se vestem com o sentimento daquele momento. Manu se levantou, procurou um desenho, feito à época da morte do *rapper* Menino-homem, não o achou, acendeu outro cigarro; Madrugada o olhava, não entendia o que ele estava procurando; Manu voltou meio abrupto, irritado e falou: deixa eu ver logo o outro haicai:

O orvalho:
Gota de choro da noite
que raia o dia.

Grande de novo, Madrugada, é o que eu disse mais cedo – clarividência poética. Porra! quero achar um desenho; fiz quando Menino-homem morreu. Sou péssimo às vezes para achar as coisas, queria muito lhe mostrar, poeta. Relaxe, Manu, depois você me mostra.

Madrugada viu, no poema, a transposição perfeita, do que tinha visto, quando à noite já entrava no dia, formando o crepúsculo matutino e as lágrimas de orvalho, a se formarem nos objetos, principalmente nas folhas, onde as gotas rolavam pelo seu corpo, caindo no chão. Assim, viu que o poema refletia a imagem, vivenciada na iluminação poética, e isso o deixava bastante satisfeito.

Manu tinha visto isso também, mas estava preocupado ainda com o desenho perdido. Ele tentava reconstruir o desenho em sua mente de novo, tentava desencanar, mas existem elementos que chegam ao espírito e ganham a vestimenta de uma obsessão a nos aperrear. Mas resolveu desistir: o perdido implacável se torna achado, quando não se está a sua procura. Pensou algo do tipo. Depois falou para si: deixa quieto. Foi exatamente isso que fez. O desenho virou nuvens no inconsciente. Depois bebeu a cerveja para confirmar isso e se concentrou na leitura de um novo poema.

Um morcego em voo
taciturno pousou no ombro
de um poeta.

O haicai se construiu em sua mente como uma cena fílmica, viu todo o movimento do morcego, no noturno da madrugada, até pousar no ombro do vate. Depois falou para Rodrigo Madrugada que esse poema era pintura fácil em sua cabeça. O poeta, ao ouvir a recitação, enxergou a imagem, como tinha imaginado, e sentiu a pulsação rítmica da poesia.

Manu, depois de cada leitura, engolia o poema, com um gole de cerveja. Dizia que gostava de sentir o seu teor etílico. Ria. Madrugada falava o mesmo. Depois se lembraram de um jargão poético, usado pelos dois nas noites boêmias do Pelourinho, quando saíam abraçados, gritando aos quatro ventos: vamos celebrar as entranhas etílicas dos notívagos da madrugada.

Ninguém entendia porra nenhuma do conteúdo desta frase, mas até loucos e mendigos a entendiam no ato de sentido. Era o que falava Rodrigo Madrugada, quando parava para contar as suas peripécias com Manu, em suas juventudes e andanças viscerais no Pelourinho. Agora, eles se diziam uns viscerais comedidos, viviam para produzir as suas artes, pois o acúmulo de vivências inspiratórias já tinha sido bastante na vida.

A conversa deles ia enveredando por muitos caminhos; eles diziam que era papo de encruzilhada, dava sempre em muitos lugares. E era demarcado pela leitura dos haicais por Manu; ele já se colocava para ler outro, mas, antes, apagara o cigarro no cinzeiro, passou um olhar pela disposição dos quadros no ateliê, sentiu algo errado, não sabia o que era, perdeu a preocupação e recitou:

A sombra:
um pedaço da noite
em pleno dia.

Ele nunca tinha pensado na sombra nesse sentido, achou genial. Rodrigo Madrugada também estava satisfeito. Manu o fazia entender os poemas, com a sua recitação pictórica de artista plástico. Ele iria mandar para os japoneses em São Paulo, que já deveriam estar putos. Mas há tempo ainda: não era de se angustiar com os prazos impostos. Ele afirmava que o seu tempo é Kitembu, não o que corre com o ponteiro dos relógios dos brancos. E ainda dizia que esse tempo é esquizofrênico, o tempo das infelicidades para qualquer preto: não cumpro esses prazos de relógio, não cumpro, não é o da minha inspiração, da minha escrita.

A poesia tem muito mistério – sai só com muita necessidade – quando o espírito parece fazer autofagia de si mesmo, aí ela descamba poderosa, sai como um pedaço da vida, um recorte sensível desta.

Manu contava que a poesia é o curinga da arte, tem que se encontrar em todas as suas manifestações. Ela incrementa beleza, dá valoração estética, transpõe a magia das sensações que afetam o receptor. A poesia, nosso artista plástico falava para Madrugada: é o curinga mesmo, sem ela tudo fica insosso, falta ler a última né, poeta? Sim, Manu. então, meu amigo, abra os ouvidos. Ele fitou com olhos firmes o poema, tomou fôlego e recitou:

Um grilo dentro do mato
perto do beco
canta a noite inteira.

Manu fitou Madrugada, após a recitação, explanou: pronto, manda, poeta. Está tudo certo, belos haicais, que são o retrato três por quatro da poesia. Entregou os poemas para Madrugada, ele deu mais uma última olhada, e os guardou na mochila. Valeu, Manu. sempre a postos, poeta: seus haicais me deixaram marcas, vão virar quadros. Riu. Certo, Manu, e os seus quadros também me deixaram impressões – irão virar poemas. Riu também.

Madrugada bebeu a última cerveja, bateu o martelo da ebriedade (o copo vazio na mesa) e falou: vou nessa, Manu, enviar logo o trabalho. Certo, Madrugada, tenho que ir também para casa, almoçar com as minhas meninas e Mariá.

Os dois se abraçaram, eram irmanados na amizade e na arte, existia uma admiração mútua: nunca o fel amargo da inveja teve espaço. Nesta hora (já se despedindo), Madrugada ia saindo à porta do ateliê, se lembraram do jargão poético, que recitavam bêbados, na visceralidade das noites boêmias do Pelourinho: vamos celebrar as entranhas etílicas dos notívagos da madrugada.

O poeta da alta noite, antes de bater a porta, riu como se dissesse: vivamos sempre grandes, meu rei, vivências no limiar da genialidade. Nosso Basquiat brasileiro sorriu também, em olhar de amizade, antes que ele fechasse a porta, como fecha sempre todo poeta, deixando as marcas da sua existência no lugar. Assim, Manu foi arrumar o ateliê: precisava ir para casa, almoçar com Mariá e as meninas – todas estavam para chegar da escola.

10

Toda sala de aula tem o quadrado hermético dos conteúdos moralizantes, como possui cabeças jovens, a vislumbrar novos horizontes. Paradoxo que só cria gênios em sua negação. Madrugada tinha mania de falar essas coisas para Manu, mas era sempre repreendido por Mariá, para isso não ir entrando na cabeça de suas filhas, pois muito das suas conversas eram ouvidas por elas, quando eles ficavam confabulando artes na sua casa. Ela falava: minhas filhas não negarão escola nenhuma; quando forem doutoras, negarão o que quiserem. A última palavra era dela e eles sabiam disso, mudavam de assunto.

O ambiente da classe de aula era como o da maioria das escolas: professor em pé falando, lousa, *datashow*, e uns trintas estudantes sentados nas cadeiras. Porém dizem que, nesses locais sociais de hábitos repetitivos, burilam-se fenômenos, constroem-se mentes interessantes.

Amira e Areta tinham já abstraído o processo com a coordenadora e a diretora, apesar de Amira pensar em fazer algo contra Ana Amarante e Andreia (passou isso em sua cabeça), dessas vinganças pequenas para fazê-las sentir o amargo valoroso de uma lição. Mas resolveu deixar quieto, não iria perder tempo. Além disso, ela percebera algo sendo tramado contra Andreia. Areta também viu e cochichou para a irmã: você está vendo isso, estão passando bilhete e olhando para Andreia. deixa, Areta, ela não quer ser igual a elas? são cobras; que piquem o próprio rabo

Ana Amarante ria, dava sinal para outras meninas. Seu primo, Vinícius, estava com a face em escrota traquinagem. Andreia, embevecida com a atenção que ele lhe dedicou, se sentia feliz. Contava os minutos para chegar o intervalo e se encontrar a sós com o seu príncipe. ele vai me pedir em namoro. (Pensava). o assimilado escamoteia a consciência sempre com ilusões idiotas. Frase de Manu.

O professor de literatura fazia a análise de um romance de um autor contemporâneo. Amira não gostava muito, achava que as resenhas feitas por ele, com todos os dados biográficos do autor, além de uma transcrição fria do enredo do romance, tiravam muito do seu poder imaginativo. As letras tinham que cair como imagens sensíveis, fantásticas, em sua mente, não como um relato frígido-ficcional a cercear o horizonte mágico das palavras. As duas irmãs sempre ouviram do seu padrinho, Rodrigo Madrugada, que a literatura brasileira é traço de mão anêmica, em quarto de apartamento frívolo, toda feita por solidões artificiais, por medianos homens.

Areta também não gostava muito, mas era pragmática, fazia o necessário para ter um bom desempenho, exercia com excelência as atividades propostas, e só isso, não perdia muito tempo se enfadando com as chatices das aulas. Amira franzia o rosto, olhava com certa intrepidez, como que pensava: pra que aprender essas merdas de branco?

A aula seguia. Ana Amarante continuava com o seu olhar de conluio, Vinícius também, e as outras colegas da sala. Tudo estava sendo feito pelas costas de Andreia. a aula expositiva faz com que conversemos muito quando o professor se vira para a lousa, sem prejuízo de alguma punição. Pensava algo do tipo Areta. Além disso, viu um traço do que estava escrito no bilhete, circulando na sala. *tem que colocar a câmera*. Imaginou várias coisas, mas nada conclusivo, com relação a esta frase.

    O professor continuava com as suas explicações e análises: este romance trata da história da psicóloga, Marta Sampaio, ela tem vinte e três anos, moradora de Copacabana, e, depois da morte trágica do seu noivo, Rafael Nóbrega, um dia antes do seu casamento, ela ficou esquizofrênica, escutando vozes, e se antes ficava no sofá, ouvindo os problemas dos seus pacientes no divã, ela agora inverteu a posição: passava mais tempo no divã, tentando se livrar da depressão, do miúdo das vozes no ouvido. Depois o professor mandava algum dos alunos lerem um trecho do romance. E ia explicando, pedindo que outro estudante lesse. A aula seguia desse jeito. As opiniões dos alunos eram muitas. Alguns colegas de profissão do professor tinham lhe dito que não era o melhor livro para se trabalhar, com os jovens do primeiro ano colegial. Ele ignorou. Acreditava que desde cedo se pode trabalhar com temas complexos. Ele afirmava que, na cabeça dos jovens, cabem todos os temas, neles se encontra a possibilidade de uma renovação mental.

    Manu salientava sempre para as suas filhas: minhas crianças, nós resistimos a quase tudo: à loucura, à pobreza, ao extermínio, à total negação da nossa existência, agora é só continuar edificando a nossa força e beleza no mundo. Por isso, elas não comiam muito a psicologia desses livros. Assistiam à aula, mas tinham, em casa, outra base epistemológica para se espelhar.

    Ana Amarante não entendia muito a postura das irmãs, o

que lhe dava mais raiva. Ela não conseguia exercer nenhum tipo de superioridade, e isso é quase uma blasfêmia na cabeça de qualquer branco à brasileira, mexe muito com os seus espíritos.

Amira e Areta entenderam sobre o racismo muito cedo, aprenderam em frases de sua mãe; na verdade, no trecho de um ensaio que elas viram Mariá lendo numa palestra na universidade.

> *Os brancos à brasileira negam o racismo, como qualquer alcoolizado nega sua condição de alcoólatra, ou seja, qualquer viciado nega o seu estado de vício. A premissa para a cura é assumir a doença para assim buscar se curar. Em alguns países, os brancos vêm assumindo essa condição doentia, e buscaram se remediar; aqui no Brasil eles nunca assumiram, continuam em vício, permanecem doentes.*

Assim, elas viram sua mãe sendo ovacionada. Apesar de notarem umas caras enrugadas, agregaram aos seus espíritos jovens esses ensinamentos. Elas também viam Madrugada sempre afirmar: aqui no Brasil os brancos negam o monstro para continuar cometendo monstruosidades.

Areta, que já estava irritada com a aula, ao ver a análise feita pelo professor sobre o romance, levantou a mão, pedindo a fala e lhe perguntou: professor, o que é a loucura?

Ele ficou surpreso com a pergunta, olhou firme para o horizonte, buscando o seu acervo de respostas prontas, não achou nada plausível, nem uma citação de Freud, de Foucault lhe veio à mente sobre o assunto, nem o romance lhe deu tanto subsídio, para responder a esta questão. Estava numa encruzilhada epistemológica, e não sabia qual caminho tomar. Os olhares de todos os seus alunos estavam fitos, fixados em sua face, como uma interrogação gigantesca. Qualquer estudante gosta de constranger intelectualmente seus professores. Ele sabia – teria que ter habilidade para sair daquela situação. Mas o professor de literatura se viu num branco absoluto, nada chegava a ele, para dar uma resposta inteligente à pergunta, além de ser extremamente orgulhoso para afirmar que não a tinha naquele momento. Pensava: ah, CDF sacana, parece que você me pegou. A demora ia adensando os olhares, ia abrindo sorrisos de sarcasmo no rosto dos jovens, que o fitavam. Buscou de novo em seu acervo, no interdiscurso, que deixa as ideias no ar, para sempre o bom professor não passar apuros, lembrou-se de ter já visto no dicionário a definição, mas não lhe vinha o conceito completo e estava nervoso para enrolar com o pouco que tinha. ah, CDF sacana. Pensou de novo. Buscou alguma solução nos livros, que tinha à mesa. Viu um NADA gigantesco. Areta tinha desestruturado todo o seu plano de aula, com uma única pergunta. O silêncio, agora, em que estava a sala, era o mais opressor, o qual já tinha sentido em sala de aula. Ele gostaria que algum estudante fizesse algo: uma bagunça para ele recriminar e sair daquela situação tão delicada. Até Ana Amarante já tinha esquecido o seu plano maquiavélico contra Andreia naquele momento. Mexeu uma última vez nos livros, tentando achar uma palavra, a lhe dar um gancho, para ele improvisar uma resposta. Viu de novo um NADA em caixa-alta. puta que pariu. Pensou de novo. Estava num estado em que o branco das ideias o atingia completamente. Não conseguia preenchê-lo com o risco de nenhuma frase. O momento era aterrorizador para ele. Via em Areta um olhar de cinismo, do qual ele não conseguia escapar. Fez a pergunta para si mesmo: o que é a loucura? Nada vinha depois disso. Pensou até em Deus, mas esse também não lhe deu a resposta.

Agora, via os alunos comentando uns com os outros, viu que em cada cochicho havia a afirmativa: ele não sabe, ele não sabe. E percebia o riso irônico, crescendo em cada rosto da sala. Virou-se para a lousa, queria a resposta escrita ali. Viu só o quadro gigantesco sem nada escrito. Começou a suar muito, seu corpo parecia entrar em um estado de estresse. Mas ele não iria assumir que não sabia a resposta. Dizia para si. A moral e a sabença docente têm que se manter firmes. Começou a pensar nos pais dos estudantes: eles vão chegar em casa e dizer que o seu professor de literatura não conseguia responder a uma pergunta tão simples. Se preocupava também, que isso poderia chegar aos ouvidos dos outros professores, poderia chegar ao ouvido da diretora.

A sua camisa já se encharcava, e o murmúrio negativo dos alunos o deixava mais nervoso. O seu coração já ganhava batidas aceleradas, a situação estava ficando insuportável para ele, não via um jeito de driblar a sua condição complexa, se sentia derrotado, quando, de repente, ouviu a sirene do colégio tocar, anunciando o intervalo. Refletiu: salvo pelo gongo. E disse: amanhã eu lhe dou a resposta, querida aluna.

Ana Amarante se movimentou no intento maquiavélico, em olhar conspirador com o seu primo, Vinícius, que já chamava Andreia para conversar – num local mais reservado na escola.

11

    Rodrigo Madrugada saiu do ateliê de Manu, entrou no carro, pensou no que eles tinham conversado. Viu uma moça tão bonita, que cabia no verso. Olhou-a até que ela sumisse da sua visão, cortando uma rua. Pensou consigo: é fácil ser poeta em Salvador, a beleza é um imperativo, e o jeito das moças é o tempero poético. Axé. Ligou o carro e saiu do bairro Garcia, passando pela frente do teatro Castro Alves.
    Madrugada andava de carro pela cidade, olhando sempre para as balaustradas na rua: ele tinha um amigo, sumido havia uns dez anos; na verdade, era um sujeito que tinha mais uma vida de poeta, do que escrevia poesia. Era por aí. Ele tinha alguns poemas, mas dizia não ter tempo de escrever: as vivências, as boemias estavam escrevendo em seu espírito os versos que, mais à frente, iria pôr em escrita. Era um método. Era um sujeito muito sensível, para lidar com os escrotos do mundo de forma equilibrada – se viciou em crack, ficou esquizofrênico, apanhou da polícia e depois sumiu. Nunca mais ninguém teve notícias dele e Rodrigo Madrugada, para não pensar na possível morte, andava na rua, olhando para os cantos, para ver se via esse poeta desvairado, fumando o seu cigarro com um

olhar corrente em galanteios espertos para as moças que passavam. Às vezes via uns flashes estranhos, a parecer o poeta, encostado em alguma parede. A mãe de Madrugada havia lhe dito que Salvador possui muitos espíritos de poetas nos cantos das ruas, e, de vez em quando, alguns assumem o corpo de algum mendigo, para recitar seus versos aos transeuntes, ao povo nas praças. Castro Alves mesmo já se apossou do corpo de vários mendigos nos quatro cantos da cidade, para recitar seus poemas. Mas, mesmo assim, Madrugada, quando pensava no poeta, a lembrança vinha sempre acompanhado da imagem acústica de uma palavra, que, para ele, aparecia em caixa-alta, com um imperativo aterrorizante: EXTERMÍNIO.

    Madrugada, nosso poeta da alta noite, se afastou desses pensamentos: eles possuíam o fel do horror humano, já passando pela Praça Piedade, observando o frenesi de pessoas, que atravessavam as pistas em diversas direções, trombando ombros no passar ligeiro da modernidade soteropolitana.

    Ele já tinha viajado por várias cidades do mundo, mas em Salvador enxergava o traço de seu espírito na face dos comuns transeuntes. Pressupunha que isso poderia ser o sentimento de pertencimento da terra. Sentia também algo de não local nisso. Olhou pela janela do carro, viu um mendigo, com um olhar profundo e um riso cuja extensão não chegava à orelha. Ele observa-o, dando um aceno descompassado com a mão direita, levantando-se do seu acento num ponto de ônibus. De repente, ele parou de acenar: sua mão ganhou o compasso de um maestro, marcando o ritmo da orquestra. Madrugada o viu em câmera lenta recitar esses versos: (O que vês é pássaro que nunca teve asas/ talhado em sangue por pálidas mãos/ O que vês: um canto mudo que não é o silêncio/ um homem mendigo, substrato do horror humano. Alírio). Escrevi em algum momento isso. Neste momento o que parecia impossível aconteceu: o sorriso do mendigo ganhou a extensão das orelhas e Madrugada, perplexo, perdeu, por um instante, o controle do carro, mas conseguiu se recuperar, em aprumo de curva, para não bater em um poste. E depois falou para si, vendo o mendigo já bem atrás pelo retrovisor: maluquice da porra. E riu. Depois explanou bem alto dentro do carro: Alírio, se foi você que escreveu esses versos, tem que melhorar muito, são incipientes, seu sacana. Falava isso às gargalhadas, todos na rua o viam dentro do carro, sem entender o motivo de tanta alegria. Fiquei um pouco amuado, mas sabia que ele não gostava de meus versos. Depois, Madrugada, como fazia em cada situação vivenciada, criou uma síntese poética: os mundos se confluem, dizíveis, aos olhos que estão bem abertos.

Agora ele se encontrava na frente do Colégio Central, e já tinha esquecido o velho mendigo. Veio-lhe uma lembrança de um dengo passado, de Rosa, inteligência fina, postura em altivez e o negror da madrugada a cobrir com beleza todo o corpo. Assim, ele se lembrou do que Manu tinha lhe falado, sobre ter encontrado em Mariá tudo que só tinha visto em partes nas outras. Rosa também era dessas: reunia todos os elementos, mas o dengo tem que ser sentido na hora da sua aparição; quando entra no descompasso do tempo, se perde – não tem mais volta. Foi exatamente isso que ocorreu. Madrugada perdeu a musa dos versos da sua vida: ele estava envolvido na lógica do harém, era isso que Manu falou para ele, o consolando na ebriedade dos copos de cerveja, quando já não tinha mais jeito de voltar para Rosa. Assim, ele continuou nessa lógica, costurando partes para reunir o todo em sua obra poética, já que não foi na concretização do dengo conjugal.

Madrugada emergiu da sua reminiscência dengosa com

Rosa, quando o carro já passava do Colégio Central, onde ele viu um inglês, desses de bermuda, chapéu, meia na altura da canela cheia de veias esparsas e uma cara de pastelão, andando em imponência de riqueza, balançando, com displicência, a sua máquina fotográfica, que parecia querer capturar o espírito de todos os baianos, quando, em um instante de segundo, como diria Manu, fez-se a justiça histórica: um menino, em velocidade, furtou a câmera, entrando em disparada na Mouraria, tomando o caminho da Barroquinha.

Madrugada passando, viu o inglês todo desnorteado, deu risada e falou: *yeah*, gringo. E fez aquele sinal, que os roqueiros fazem, para mostrar toda a sua radicalidade.

Viu, pela última vez, o anglicano através do retrovisor, sem entender muita coisa do que lhe tinha acontecido. Depois observou, já em Nazaré, um grafite grande em uma parede, era um *surreali* urbano; a ilustração: cincos policiais, com bocas de leões e dentes metálicos, tentando arrodear Xangô. O justiceiro, com seu machado poderoso, os fez lhe pedir a bênção e miar como gatinhos domésticos, pelo menos essa foi a leitura feita por Madrugada da obra.

Os grafites, nas cidades grandes, ganham sempre movimentos, são olhos velozes, que os apreciam, apreende-os na multidão de imagens e informações, encontradas em cada metro quadrado da cidade. Não se tem o tempo das galerias, para se observar e fazer as divagações intelectuais – brindadas a champanhe – sobre a obra. Na rua, o sentido é capturado no movimento, é um signo que compõe organicamente a cidade, é a transmutação de sua energia se expandindo.

Manu já tinha falado isso para Madrugada. Os dois, na juventude, gostavam de ir jogar fliperama, à tarde, no *shopping*.

Sempre com a vigia de alguns seguranças nervosos, eles pareciam um desses zagueiros, a fungar no cangote do artilheiro, para ele não vir fazer alguma arte. Além de terem que aguentar o olhar feio, derreado em expressões, a se franzirem monstruosamente (em cicatrizes raciais absurdas) os olhares da classe média, que pareciam querer fuzilá-los, com o seu fitar de medo e ódio.

Travavam suas batalhas com os *playboys*, e quase nunca perdiam, precisavam ganhar de toda aquela estrutura, mesmo que fosse por meio do jogo de *videogame*, e as vitórias lhes davam essa sensação: saíam vitoriosos num local, onde todos pareciam odiá-los. Depois iam pela cidade à procura de algum muro: para Manu fazer o seu grafite, e Madrugada pichar alguma poesia, das sensações vivenciadas nessas idas corajosas, para se divertirem e se expressarem pela cidade.

Nessa época, ainda, houve um dia em que Madrugada e Manu estavam no fliperama, nosso poeta já tinha até zerado a máquina, vencido todas as etapas do jogo, quando um *playboy* que, segundo análise de Manu, deveria ter o melhor *videogame* em casa, com os melhores jogos, resolveu desafiá-lo (mas o gênio não se faz com a infraestrutura dos melhores instrumentos, se constrói mais em sua falta). Ele aprendeu isso nesse dia; quando Madrugada zerou a máquina, houve um alvoroço, desses de mérito e de genialidade, e quando se é adolescente isso atrai sempre os olhares das garotas, e a inveja dos jovens opositores: o *playboy* pensava: qual é "desse favela", vem aqui no meu pedaço, tira onda e ainda quer pegar as minhas meninas.

O *playboy* viu uma menina, pela qual ele tinha algum apreço, um flertar não correspondido, se voltar para Madrugada. Era uma dessas adolescentes de classe média, cuja sensualidade púbere se assemelhava à de Lolita, e que estava em descompasso com a sua família. Agora, ela se encantava com o herói negro da periferia. O cara que se acoplava ao seu anseio de revolta juvenil, que não tinha medo dos olhares em desfavor e da perseguição constante no *shopping*, pois era o rei do fliperama e tinha a marra altiva, a incomodar a todos.

Madrugada ficou surpreso com o desafio do seu opositor. Viu em seu olhar que aquilo não era só uma partida de *videogame*, tinha o desassossego da inveja e o estrume da manutenção de posições sociorraciais: o arrolar da adolescência não deixa de fora as atrocidades descabidas do mundo dos adultos. O mundo cão rosna para todas as faixas, preenche o planeta, como um veneno a alastrar o infortúnio nas vidas, mesmo que sejam ainda pequenas na extensão do tempo. É uma desgraceira, embotada de vermes sentimentos – a nos corroer a carne.

Madrugada, desde novo, nunca negou desafio, aceitou-o. Os dois se colocaram na frente das máquinas. Todos que estavam no fliperama ficaram ao redor dos dois, para assistir à batalha. Óbvio que a nossa Lolita da classe média, apesar de morar no mesmo condomínio do *playboy*, estava torcendo por Madrugada. Ela tinha virado uma espécie de fã da subversão periférica. Foi isso que eu ouvi de um deles, tempo depois.

Então, o jogo começou: *lifes* carregado para a batalha. Gritos dos espectadores e certa tensão entre os oponentes.

O *shopping* seguia a sua dinâmica costumeira, com o seu frenesi consumista, com o artificialismo do tempo, a se manterem igual no transcorrer do dia, e com os seus espelhos a darem conta de refletir o espírito dos seus frequentadores – eflúvio pálido do nada.

Madrugada tomou uns dois golpes, viu o seu *life* ir

diminuindo. Um segurança passou e se perguntou: o que aquele marginal está fazendo ali? Parou e ficou fitando. Só desviou, por um instante, o olhar: viu outro menino negro, entrando numa loja. toda vez que veem um preto, ligam o sinal de alerta. Mariá sempre falava isso, dando risadas sarcásticas, em suas conversas na universidade.

O jogo continuava duro, Madrugada tinha perdido o primeiro *round*. O *playboy* pensava: esse favela vai se dar bem aqui... nunca. E mexia o controle para dar outro golpe.

Manu assistia a tudo, incentivava Madrugada, para não perder a luta. Ele não gostava muito da luz artificial dos *shoppings*, dizia que não conseguiria depreender arte nenhuma daquele lugar, e, para toda luz, precisa existir uma sombra de beleza, a trazer um frescor para o corpo. Nesse lugar, não havia isso: era só excesso ofuscante de luz, a formar também a cegueira humana.

Madrugada ganhou o segundo *round*, e a coisa ficou acirrada. O segurança voltou a olhá-lo, pelo fato de o jogador, de o poeta ter dado um grito de emoção da vitória. Nessa hora, a Lolita lhe deu um beijo na bochecha, e lhe falou: meu herói. Sentia-se agregado ao ambiente, mas não sem falta de uma tensão opressora; ele vinha conseguindo alguns signos, que o faziam se sentir incluído: o beijo da Lolita, o sucesso no *videogame*, os gritos dos jovens médios. Mas o pé atrás, que salvaguarda o gênio dos espíritos decrépitos da humanidade, estava sempre aprumado. Ele sabia que nascer preto em Salvador é ter uma arma de longo alcance, apontada para a sua cabeça, entendia isso, para fazer com que esse *laser* não ganhasse o *zoom* da sua morte, pelas mãos opressoras. E ali ele pressentia, mesmo com o entusiasmo, o avultar do *laser* tão poderoso.

O jogo continuava, era o *round* derradeiro. Estava com

o *life* mais decadente, que o do *playboy*. Ele estava nervoso; no entanto, confiante na vitória. Mas o grande campeão deixa sempre a surpresa para o final, o xeque-mate, o golpe de mestre – foi isso que aconteceu: quando Madrugada já se encontrava em via da derrota, ele conseguiu magistralmente extrair um golpe especial, desses que acabam com toda a vida do oponente.

Manu abraçou o amigo, eles sentiam que uma pequena revolução estava acontecendo ali, e aconteceu. Madrugada ainda recebeu um beijo colado da Lolita. Mas, de repente, ocorreu algo bastante estranho, dessas coisas que vêm mais de fracasso e vingança: o *playboy* atônito, perdido nas agruras da derrota (do nada). Começou a gritar: foi um roubo, ladrão, ladrão! E, nessa hora, apontou para Manu e Madrugada e, em poucos segundos, já estavam rodeados de seguranças, com cara de cães ferozes. Aí eles, sem apurar e ter visto absolutamente nada de errado, os levaram para uma salinha nos fundos do *shopping*.

Essa sala já era bem conhecida dos jovens que ousavam sair da periferia, para dar um rolé nos mercados e *shoppings* da cidade de Salvador. Era a salinha das torturas, local, como dizia Mariá, onde se recupera o chicote da escravidão, para azorragar a vida dos pretos deste país.

Então, pivetes, roubaram o que dessa vez? Perguntou um dos seguranças, com o rosto em covas monstruosas, que cortavam a sua face, revestida de uma maldade racial. nunca roubamos nada, senhor. Falou Madrugada, por isso tomou uma tapa na cabeça. onde vocês moram? Eles falaram. Os seguranças aí intensificaram as suas opressões. O garoto disse que vocês roubaram o relógio dele, e jogaram na lata do lixo, quando estávamos chegando, não foi isso? não, senhor. Falou Manu. Madrugada ainda sentia o quente da mão do gigante e afirmou: o *playboy* está com raiva, porque ganhei dele no *videogame*, ele mesmo jogou o relógio no lixo e está dizendo que foi a gente, pode perguntar? Tomou mais outro tapa, e o segurança de covas bizarras ainda apertou, com as suas mãos o seu rosto: foi você, sua cara não nega, já estava lhe observando. Manu franzia de raiva, não queria ir para o juizado de menores: é o que acontece normalmente, mas corajosamente falou: se tivesse observado, teria visto que não roubamos nada. Assim, o segurança largou da face de Madrugada, apertou a de Manu. está dizendo que eu não enxergo, seu pivete? Manu sorriu cinicamente; disse: não, enxerga muito bem. Ah, está bem. Ronronou o opressor, soltando o seu rosto. Depois disso, Manu entendeu que esse tipo de brucutu não sabe diferenciar uma figura de linguagem, como a ironia, de um elefante verde voando. Mas isso não os impediu: foi aí que Manu e Madrugada viram outro sujeito, chegando com uma palmatória, dizendo algo que, de certa forma, os fez tremer: aqui está o presente de vocês.

O segurança, cheio das covas horrendas, segurava a palmatória e pronunciou para os dois: "se os pais de vocês não lhes educam, eu vou educar, ou melhor, um irá ensinar ao outro. Serão vinte bolos, dez em cada mão, depois podem ir embora. Quem vai começar?" Manu pensava: esse filho da puta quer que eu bata em Madrugada e ele me bata. Desgraçado. Madrugada entendeu: não tinha o que mais questionar, a injustiça estava posta.

Eles queriam quebrar os dois por dentro, mas as ignomínias, como diz um ditado da periferia, não conseguem quebrar o que é certo e pelo certo. Fortaleceram, em suas atrocidades, para que eles se tornassem os grandes artistas que são. Dizem que os gênios surgem quando as pessoas perdem os seus espíritos, eles aparecem para recuperá-los. Mas não sabiam disso nessa época e os dois tentaram botar o mínimo de força para não machucar, de fato, um ao outro.

    Os bolos foram dados e os seguranças se divertiam, os dois iam costurando as suas consciências, com o ódio que lhes era desferido. O corpo preto no espaço dito branco é perfurado por milhões de olhares de maldição. Conseguiram burlar isso, sendo grandes, nesse espaço. Sabe-se que existe uma inveja original, como afirma Mariá afrocentricamente: o primeiro ser que o homem branco viu portentoso e com uma civilização gigantesca e avançada, quando ele era extremamente um gentio, foi o homem negro, princípio do mundo, seus olhos brilharam nesse dia, e daí surgiu, como uma inveja do irmão mais novo ao mais velho, o ódio e a busca incansável da sua destruição.

    Madrugada afirmava que o pior do bolo de palmatória é o barulho a adentrar em seu ouvido. Mas eles sabiam: esse era só mais um dia de merda em Salvador, para se manterem dignos e altivos, quando todos parecem querer vê-los derrotados. Por isso, eles, quando foram liberados daquela situação atroz, buscaram diluir tudo no humor: porra, Madrugada, você bate fraco como um bebê. E você como um feto, Manu. Deram risada. Nessa hora, Madrugada viu a Lolita, vindo correndo em sua direção. Ele lhe lançou um olhar frio, transparecendo uma zanga seca, de quem possui, no seu interior, burilando um grande sentimento. vá embora, patricinha, nós não precisamos de você. Falou Manu. Madrugada observava-a com uma raiva densa: vá embora, não sabe que pode lhe acontecer algo de ruim? Volte para os seus. A Lolita veio abraçá-lo, ele a empurrou, mas olhou para todos os lados, para não ser pego pelo segurança de novo, agora por agressão, já que qualquer ato deles, nesse ambiente, era tido como perigoso. A Lolita o olhou e disse: eu não tenho culpa. Madrugada e Manu se adiantaram, iriam riscar e pintar sobre essa merda descabida. E um falou para o outro: eles nunca têm culpa. adeus, patricinha. Andaram os dois, em busca de algum muro para grafitar, para pichar todas as sensações vivenciadas.

Madrugada encontrou a Lolita, que, na verdade, se chamava Débora, tempos depois, na universidade. Ela, quando o viu, se assomaram arroubos e mais arroubos de paixão em seu peito. Nosso poeta ficou com ela, mas nunca a colocou em condição de sua musa, não desenvolveu chamego por Débora, e tentou deixá-la da melhor forma. Sabe-se que esse povo que tem tudo não sabe perder nada. Ainda mais o objeto de seu desejo; não suportou. Cortou, em um desespero romântico, os pulsos; ficou internada em uma clínica e nunca, nunca mais em sua vida esqueceu o poeta.

Madrugada se libertou de todas essas lembranças, quando o seu carro já entrava no bairro da Saúde, em Nazaré, onde tinha uma casa muito bonita, com um caráter artístico e confortável.

Entrou na garagem da casa, guardando o carro, foi ao *notebook*, por onde mandou os haicais para os japas paulistas. Ele sempre estava com a cabeça borbulhando de lembranças e ideias: dizia que gostava sempre de sentir o cheiro das sensações do passado, revivia-o de outra forma; assim, o sono veio lhe tomando vagarosamente, até que lhe tomasse por completo, fazendo-o dormir e sonhar com um elefante verde voando, indo atrás de um gringo com face suada e uma mala cheia de euros.

12

Ao sair da sala de aula, as ações maquiavélicas já estavam todas organizadas entre Ana Amarante, Vinícius e as suas amigas. Os corredores estavam cheios e Amira via (em encosto de pilastra) o desenrolar de brancos à brasileira, que se juntavam em movimentos, se assemelhando a uma lagarta gigante, cortando os corredores até a cantina.

Era muito estranho estar naquele meio, mas seus pais diziam que elas tinham que enfrentar: o contato com a escola dos brancos era necessário, para os embates da vida adulta; e, em casa, elas tinham a construção de outra base epistemológica, a fazê-las mulheres que pensassem à frente do seu tempo.

Areta, nessa hora, saiu da sala. Juntou-se a sua irmã, depois viu Andreia sendo puxada por Vinícius, que a levava para um canto remoto da escola, uma sala escondida, a qual ninguém ia. Sentiu algo errado, comentou: Amira, a galera está tramando algo contra Andreia. Sua irmã mais velha ainda se fixava na enorme lagarta, deslizando em busca de alimentos pelos corredores. Em seguida, viu Ana Amarante, com uma câmera pequena na mão, se desprendendo do rabo da lagarta, indo em direção, com as suas amigas, espécies de seguidoras obedientes, do casal juvenil a se ocultar, passando por uma pilastra: parece que está mesmo. Falou Amira. Depois, sem dar muita importância, voltou a observar a grande lagarta. Ela seguia faminta em direção ao refeitório, que parecia mais uma praça de alimentação de qualquer *shopping* sofisticado do mundo. No entanto, antes de chegar a este recinto alimentício, ela fazia as suas curvas nos corredores, em gritos efusivos, saindo de todas as suas bocas joviais. Arrastava-se frenética, contorcendo o corpo e deixando o seu rastro de larva por toda a escola. As suas muitas pernas iam fazendo um barulho de rastro de chão escorregadio, como uma marcha descabida de exército, em descompasso alucinador. As duas irmãs esperavam que ela se dissipasse, não queriam entrar no rabo da lagarta, não queriam fazer parte daquele corpo: ele tinha um movimento de dança bizarra, esperavam a sua dissipação nas cadeiras do refeitório para poderem ir andando, uníssonas, em passos, vindos de outra raiz anímica, costurados nas pegadas dos seus ancestrais.

O transcorrer desse bicho seguia cortando os corredores, em curvas a fazerem uma espécie de semicírculo esquisito para que o seu gigantesco corpo não ficasse empacado nos labirintos do colégio. Era um transcorrer de animal faminto, que nunca saciara a fome. Além de possuir a barriga mais elástica, o estômago triturador de todos os recursos naturais e uma enorme boca, que vem dando mordidas absurdas no mundo inteiro, rangendo os dentes, em guerras sem precedentes, com ignomínias cruéis, mesmo estando de barrida cheia.

Ademais, essa criatura possui uma sede, que nem um viajante, perdido em deserto de cem existências, nunca tivera; dessas a destruírem a água potável de todos os quatro cantos do mundo, para expeli-la da imundície de seu organismo – suja. Para esta estendida criatura, não existem barreiras: ela passa com o seu frenesi alucinado por todas as coisas, deixa o seu rastro de destruição, sem se comover com a beleza presente na maioria dos elementos da sua aglutinação odiosa. Seu transcorrer é louco e famigerado; um expelir de sangue e excremento, uma larva hedionda das coisas feias da humanidade, caos proeminente de sentidos atrozes. Ego de monstruosidades, entulhadas no corpo humano, cloaca de sentimentos a se confluírem de maneira aterrorizadora, deixando, ao passar, o rastro das injustiças há séculos, e se alimenta só para não deixar que o outro coma também.

 A lagarta se desfez no refeitório e Areta via o olhar em viagem de Amira: você às vezes, minha irmã, parece Rodrigo Madrugada: fica com esse olhar ao horizonte distante. Começa a escrever uns versos, de repente, surge mais uma artista na família. Amira deu risada, com essa fala de Areta, depois lhe disse: você também não fica atrás, maninha, mas acho que vejo longe.

 Madrugada já tinha falado isso para ela: você, pequena, possui grande imaginação, ouvidos absolutos, olhos abertos às coisas do mundo e uma voz incomum, encorpada em rebeldia.

 O poeta falava isso tudo e dava risada com o olhar de Mariá; ela sempre respondia: o poeta é um criador de sonhos mesmo, né, mas concordo, Madrugada, minhas duas filhas poderão ser o que quiserem – beleza espraiada no mundo.

 Amira, depois do vislumbre com a grande lagarta, olhou para Areta e lhe disse: vamos comer fora da escola, respirar o ar da rua (ela sentia um pouco de náusea); Areta estava preocupada com Andreia, apesar das coisas que ela tentava fazer contra as duas. Amira ignorava e pensava algo do tipo: no infortúnio se aprende o que se é.

 Andreia seguia o seu príncipe, Vinícius, se sentia feliz. Ele iria conversar com ela, poderia pedi-la em namoro. Pensava até nos filhos que poderiam ter juntos e, se não puxassem à Fernanda, poderiam sair branquinhos. Ela iria cumprir o projeto eugenista da sua mãe, empreitada de muitos brasileiros, que buscaram exasperadamente embranquecer.

Mariá, quando ainda fazia a graduação, acompanhou a história de uma família que seguia a fio este projeto. Ela contava sempre, com a face franzida em seriedade, em tom de anedota: tudo começou com uma tia, que se havia casado com um alemão, e depois todas as meninas da família já tinham o projeto de vida traçado desde a infância: ao completarem dezoito anos, iriam para a Europa buscar um casamento. Isso já tinha ocorrido com umas três gerações; a tal ponto, que a primeira que se casou, quando já estava no leito da morte, rodeada pelos seus parentes, em arfar de última respiração, chorou porque não viu mais um traço seu nos seus descendentes mais novos: seu nariz, boca, cor, cabelo e jeito, tudo havia se perdido para sempre.

Mariá contava essa anedota sempre rindo, para ilustrar como o racismo corroeu estruturas profundas no negro brasileiro, que vão além do arcabouço psicológico – se transfigurou na própria composição do fenótipo. Mariá nunca tinha contado esta história para as suas filhas, achou desnecessário, por enquanto, mas, para a sua irmã, ela narrou muitas vezes, envolta em muitas discussões, que fora formando o gosto de Mara pela antropologia. Mara tinha uma frase muito interessante: entender a posição do negro no mundo dos humanos e achar uma brecha onde a vida negra realmente ocorra, eis o meu gosto pela antropologia.

Andreia seguia com Vinícius, ele andava e, de vez em quando, olhava para trás, para ver se Ana Amarante estava indo concluir o plano organizado. Ele fitava Andreia com um sorriso cínico, desses compostos de meia boca, encorpado de pensamentos maldosos. Ela sorria também. Seu olhar era assoberbado de ilusão, ornamentado em juvenil desejo. Amira, quando a via desse jeito, falava com certo desprezo: idiota.

  Andreia não pressentia a maldade sendo construída, ainda estava feliz, por ter contribuído para que as duas irmãs fossem advertidas na diretoria. O dia seguia com todos os acertos os quais ela sempre almejava. Estava inserida da maneira como sempre desejou; mas para todo preceito de sucesso equivocado há o desassossego da derrota. As atrocidades se constroem (as mais maldosas) pelas costas. Sim. Era isso que sucedia. Mas não é fácil perceber, ainda quando se está no brotar das experiências juvenis no mundo. A razão da experiência chega cedo para os sofridos e desventurados, também para os gênios, mas para estes chega à razão da época. Andreia não tinha nenhuma das duas e iria sofrer por isso.

  Uma educação mal empregada pode esfacelar um ser, talvez tenha sido isso, a não lhe fazer ver o que estava claro, nos sorrisos, bilhetes, palhaçadas e recadinhos, nos ouvidos dos conspiradores. Ela só queria seguir para o seu oásis de ilusão, puxada pela mão do seu malfeitor. Seguia o fluxo do abismo absoluto, o encrosto sujo das artimanhas humanas, e não tinha quem lhe avisasse: a redoma, que criou para si, era um verdadeiro buraco de rato sem saída. Ela só queria o carinho e o aconchego do grupo, do qual se dizia e se sentia parte integrante. Óbvio, que sempre burilou em seus sentidos um pequeno estranhamento; nunca soube de onde vinha e nunca quis cavar o profundo dessa descoberta; na verdade, acho que nunca teve a pá para tal empreitada, simplesmente viu a corrosão de chuva ácida no relevo de sua vida, mas não conseguiu se importar: havia ainda muito chão para ela pisar. Os passos seguiam firmes, apesar de algumas vezes vacilantes, a lembrança do buraco cavado pela chuva sempre lhe vinha, mas, nesse dia, só queria ser levada pelos olhos azuis, traços brilhantes no rosto de Vinícius; nada poderia travar aquilo, ninguém no mundo iria conseguir, estava pronta para entrar com toda a força juvenil dos seus sentimentos e ilusões naquele mundo novo, que já era seu, mas não com toda propriedade das certezas de que se reveste a verdade. Para ela, as mãos de Vinícius iriam levá-la para a sua torre de marfim: ela não sabia que, lá, só entravam as musas gregas, não tinha a menor ideia, que já era a musa dos faraós de todo o mundo: ninguém lhe havia dito isso, não leu em nenhum livro, nem assistiu a nenhum filme, a lhe dar prova disso. A maldição do dessaber iria aniquilá-la sem piedade, nem mesmo o seu senso sensível do enlodo atroz fora desenvolvido, era uma presa fácil, dessas com que o gato brinca algum tempo, antes de lhe tirar a vida, para se alimentar.

    A mocidade dos inocentes é o prazer dos carrascos, estava tudo posto, milimetricamente planejado: contas que iam se conjugando, ato a ato, no transcorrer de uma existência, mesmo pequena na extensão do tempo, mas os atos já são existentes e podem levar tanto ao infortúnio malicioso dos choros amargos, como à fortuna da glória dos sonhos realizados.

    Andreia seguia e seguir pressupõe ser levado muitas vezes, o que deixa em aberto o inferno e o céu da chegada; ela não sentia isso, ninguém nunca lhe tinha falado nenhum adágio popular, desses que vêm à cabeça nos momentos mais perigosos da vida. Seus ouvidos nunca alcançaram a rua para saber que água demais mata a planta. Estava perdida nos valores (invólucros de seu malquerer) a envolvê-la desde seu nascimento, consumindo a sua pequena alminha a se formar nesse mundo cão, de uivos horríveis. Ninguém nunca lhe mostrou um espelho que refletisse o que ela era de verdade. Andreia só conseguia enxergar a imagem virtual, criada pelo mundo dos brancos, o simulacro débil dela mesma.

    Assim, continuava andando com o príncipe de seus sonhos, entrando em corredores, saindo em outros, perdida a esmo no sonho inexistente. Como poderia prever? O mundo tinha lhe despertado todas as ilusões, ninguém nunca lhe havia dito que o grande sonhador é um desiludido inveterado, ele sonha só, e simplesmente, no campo do onírico, nunca da ilusão. Ela não possuía o pressuposto para o posto da vida, e não tinha culpa, mas o risco está colocado para os que não têm culpa também. É fato. E Andreia corria esse risco; na verdade, não era nem risco, este só existe para quem tem consciência dos seus perigos, não era o caso dela. Sentia-se em pleno mar do aprazimento dos sentidos. Mas não era fácil para ela. Seguia sendo levada por Vinícius, não iria soltar mais a sua mão, os laços de suas vidas estavam se formando ali, era a única coisa que sentia.

    A má educação tira até a possibilidade de uma pessoa recorrer ao seu sexto sentido. Ela não alcançava os meus sopros em seu ouvido. Manu sempre afirmava que, se estava vivo ainda, era por causa desse Deus, não sou eu, o qual lhe dava conta dos perigos, das suas vivências, no futuro imediato, o livrando das intempéries da vida. Mas Andreia não tivera nada disso, simplesmente seguia, e, agora, já chegava bem perto da sala, onde Vinícius havia escolhido para conversarem. Seu coração batia em acelerado de fantasia, quando ele abriu a porta e entraram.

    Amira e Areta já tinham saído da escola, foram comer algo numa lanchonete bem próxima. Viram depois uns meninos de colégio público, travando uma batalha de rimas e alguns outros que andavam de *skate*. Mas Areta ainda estava preocupada com Andreia; buscou se desviar dessa preocupação e compraram o lanche.

Um dos *rappers* juvenis fez uma rima para elas; começou aí uma batalha, pois outro se avultou também: os dois rapazes iam trocando versos, que ressaltavam a beleza das irmãs; elas ficaram assistindo, e sorriam em riso de satisfação.

Ana Amarante, nessa hora, seguia com as suas amigas, atrás de seu primo e de Andreia. Seguia rápido, para poder cumprir o seu intento. Passavam muitas coisas em sua cabeça, dessas de enlevo de atrocidades. essa idiota pensou, realmente, que eu era a sua amiga, acha que não sei da cor de chocolate de sua mãe. Ria muito, com as amigas, andando com a câmera. Estava no frenesi. Observava Vinícius, indo com Andreia em sua frente, e se escondia, quando ela virava para observar se tinha alguém atrás. A adrenalina da aventura lhe deixava em excitação para a realização dos seus planos. Ana Amarante gostava de fazer as coisas acontecerem da forma como tinha pensado: se sentia muito esperta, em suas *trollagens*. Ela sabia que essa seria umas das melhores, iria desmembrar todas as ilusões de Andreia. Assim, ela estancou os passos e viu o seu primo, lançando-lhe um olhar enviesado, batendo as pálpebras em sinal positivo: tudo estava acertado, só era necessário às meninas irem para um local mais alto, onde havia uma janela propícia para filmar tudo.

Amira e Areta ouviam os *rappers* ainda, e adoraram as suas rimas, mas elas também tinham as suas artimanhas, pediram a vez na roda e começaram a rimar também, elas exercitavam em casa, brincando, ouviam também muito *rap*. Ainda colocaram uns *rimex* de *dub*, os rapazes ficaram impressionados e vibraram com a sagacidade das rimas das irmãs.

Nesse momento, Vinícius entrava na sala com Andreia; na verdade, a fez adentrar primeiro, depois olhou para Ana Amarante e apontou o melhor lugar para ela fazer a filmagem mais uma vez.

Ana Amarante foi com as amigas, chegou ao local da filmagem e tinha um ótimo ângulo da sala inteira, e não dava para Andreia ver onde ela estava, mas, mesmo assim, mandou as meninas não fazerem zoada, para não estragar tudo.

Na sala, Vinícius fitou os olhos de Andreia; ela estava ansiosa, queria ouvir o que ele tinha para lhe falar. Ele conseguiu ver o posicionamento das meninas, já filmando. Tinha no bolso um bombom, desses finos. Ana Amarante lhe deu, para presenteá-la – sabia que, assim, Andreia ficaria mais inerme aos seus intentos.

Andreia estava com as mãos suadas; o bombom, para ela, simbolizava o pedido de namoro, ele estava se declarando, com aquele gesto, advindo de uma nobreza pueril, da qual quase todas as mulheres gostam – quando é verdadeiro. Pensava a menina. O gesto funcionou. Ela logo estava em suas mãos. Vinícius lhe abraçou o corpo inteiro, encostou as intimidades, a beijou, segurando o seio. Ana Amarante não perdia nenhum detalhe da filmagem; as outras meninas com o celular também filmavam. Ele beijava Andréia e olhava para a sua prima, para ver se tudo estava dando certo.

Andreia tentou rechaçar os seus avanços, buscou tirar a mão dele do seu seio. Mas ele voltava a insistir, até o ponto que conseguiu tirar a sua camisa. Sabe-se que os eflúvios em flor, quando estão em reboliço, tendem a desabrochar, e a consciência se perde nos enlevos dos toques. Foi isso que ocorreu, quando ele já se abocava dos seus seios. A filmagem ia ganhando os elementos de sensualidade, que daria milhares de acesso nas redes sociais.

    Amira e Areta ainda recebiam os salves da galera do *rap*, e os garotos, que estavam tentando amalgamar os seus corações de sentimentos para conquistá-las, terminaram envolvidos por elas. Pois as musas já fazem rima, tinha algo assim no trecho de um verso delas. Comeram o lanche e depois se despediram dos meninos; voltaram à escola. Saíram com marra de *raps*, deixando um salve para a rapaziada. estar entre os nossos faz crescer a criatividade. Pensou algo assim uma das duas. Mesmo depois desse recital, Areta ainda não tinha esquecido Andreia: vamos procurar a maluca, Amira. Sua irmã a olhou bem e falou: é... vamos ver o que está acontecendo, quero observar de perto.

    As duas entraram no colégio, Areta se lembrou da leitura, do olhar de viés, feito de parte do bilhete na sala de aula, vislumbrou-as em um lugar escondido, só poderia ser na sala, no ermo da escola, aonde, no máximo, só iria o zelador. Foram correndo pelos corredores, cortando as suas paredes labirínticas. Amira corria e pensava: Andreia não é mais que uma idiota. Areta: eles devem estar fazendo algo sério com ela. Viraram mais um corredor, em corrida de aventura, e viram Ana Amarante, com as suas amigas, filmando algo; se aproximaram mais, chegaram perto da porta, sem que elas vissem: estavam muito entretidas com o seu pequeno filme, abriram a porta e viram Andreia com Vinícius. Andreia buscou se recompor rápido, olhou com ódio para as duas irmãs, gritou. Amira e Areta apontaram para Ana Amarante e as suas amigas, que estavam filmando, depois saíram, mas antes Amira explanou com certo escárnio: idiota. Andreia voltou seu olhar para Vinícius, ele estava rindo de toda a situação e disse: você achou mesmo que eu ia ficar com você, de verdade?... Pegou no queixo dela com ironia e saiu da sala, para ver a gravação.

Ana Amarante já estava baixando o vídeo no *notebook*, para colocar na internet; outra menina gravou também no celular. As irmãs foram atrás das meninas, que foram embora com as gravações, que logo foram postadas e se espraiaram pela escola. Ana Amarante postou em vários grupos de *whatsapp* e na página virtual do colégio, logo todos os alunos estavam assistindo, quase que instantaneamente.

Andreia se vestiu, entrou em desespero, desses que pegam do calcanhar e assoberbam o cérebro, em pressão de angústia, tornando o mundo um esfarelo de maldição, a cair sobre sua cabeça, num desassossego absurdo, transpondo as lágrimas da sua vida, ferindo o seu belo rosto, formando rios correntes, que desaguavam sobre o seu jovem coração.

O mundo parecia não fazer mais sentido: se sentia dentro de uma bolha, ela ia diminuindo, a cada momento, apertando-a como nenhuma coisa nunca a apertou. Pensava: já deve estar rolando na internet, meu pai vai ver; minha mãe também, vou ser expulsa da escola. Miseráveis. Como pôde deixar aquele *play*... Chorava em lagrimejar de muita dor no peito. E a bolha ia apertando-a, mais e mais, diminuindo a sua existência. Pensava: meu pai vai sentir vergonha de mim. Tudo girava a sua volta, como um girassol em giro de um vento maldito, desregulando a sua circulação natural, destruindo o norte da sua vida. Lembrou-se do que Amira lhe falou certa vez, num momento de discussão; era algo que se aproximava disto: você se acha igual a eles, puro engano, eles não se acham igual a você, um dia você irá aprender. Nesse momento, lhe veio uma indagação sentenciadora: se não sou igual a eles, eu sou... Eu sou negra? Esta interrogação foi crescendo, tomando forma em sua mente. Depois esbravejou um xingamento: desgraçados. A dor a estava deixando num fluxo de elucubrações desesperadoras. Quebrava algo na sala, depois caía em choro. Os estudantes já estavam tendo acesso ao vídeo na net. Criaram-se burburinhos de alunos, que assistiam por todo o colégio.

Andreia se encolhia toda, num choro em um canto da sala. Amira falava com a irmã: isso que dá ser maria-vai-com-as-outras. Areta era mais sensível, sentia pena da menina, e buscou ficar por perto para ajudar.

Vinícius assistia com Ana Amarante ao vídeo, e se vangloriavam do que tinham feito. Andreia pensava na mãe, queria o seu colo, ao mesmo tempo que sentia vergonha, pois sua mãe havia lhe dito para se manter sempre digna, não se expor muito; o mundo não tem piedade do que está exposto, tinha que se manter esperta, para arranjar um casamento com um homem branco. Mas, agora, Andreia estava enojada da situação. Sentia um ódio profundo por Ana Amarante e seu primo, o qual ela só tinha sentido pelas duas irmãs. Pensava: miseráveis. Nesse momento, Areta entrou na sala para consolá-la. Viu que ela estava perdida, olhando horizontes longínquos; chegou perto, a abraçou, depois ouviu a sua pergunta: por que eles fizeram isso comigo? Amira apareceu na porta, com olhar sem comoção e respondeu apontando para a sua pele: já não sabe. Depois riu. Areta pediu que ela parasse com aquilo. Andreia continuava chorando; depois, Amira ainda falou: a sua amiga, Ana Amarante, já colocou o vídeo na net.

A bolha ia lhe apertando mais, e não existe nada pior neste mundo do que viver numa bolha, ainda mais dessas constituídas de traumas irresolutos. Andreia se espremia mais no canto da parede, queria entrar nele, num portal a lhe levar para longe deste mundo. Já começava uma euforia na escola, todos estavam excitados, por ver aquele vídeo na net.

Andreia continuava se encolhendo como um caracol, e o barulho eufórico só aumentava na escola, o que a oprimia profundamente, ganhando uma ressonância assustadora de um alto-falante dos demônios em seu cérebro. Assim, ela colocava as duas mãos no ouvido, as apertava com toda força que tinha, mas não havia jeito – o som só aumentava com uma dissonância insossa e maledicente: se encontrava entranhado como um desses fungos, a se encrostar nas coisas, para tirar o sumo da sua vida.

Andreia chorava e começava a delirar, talvez uma das piores coisas de se ver – é um surto de um adolescente. Deveria ser coisa de adulto, que recolheu na vida os alaridos dos seus traumas. Não numa menina. Nunca numa menina. Mas o mundo é assim: destroça as pessoas em qualquer faixa, e, muitas vezes, antes mesmo do seu nascimento. O traço do mal que fizeram aos seus ancestrais são seus também, lhe atingem, sem sombra de dúvida.

E havia pegado em cheio em Andreia, o fel dos carrascos a tocou. Sim, pegou-a de forma corrosiva. Transformou-a em um caracol, oprimido num canto de uma parede, a verter rios de lágrimas.

Ela caiu na armadilha, no abismo cavado há muito tempo por quem já enterrou vários dos seus, e agora a empurrava para cair como um caracol indefeso e choroso.

Manu sempre explanava que nunca se iria assimilar: se assimilar significa abandonar um pedaço de si, e normalmente nesse processo se perde o que se tem de mais bonito para se agregar a algo que nos nega como ser. O traço da negritude, a luz negra, que tece os nossos corpos, são tesouros que temos que cavar para achar neste entulho putrefato de preconceito, constituidor da sociedade brasileira. Manu, de vez em quando, se alongava em discursos, outras vezes, se encaixotava em seu silêncio absoluto. Mas as suas duas formas de ser sempre comunicavam.

Andreia, diferente de Amira e Areta, foi criada nesse ambiente de assimilação, onde ser negro significava ser escravo, como havia aprendido na escola, tanto quanto que, na família, o caminho para uma redenção seria casamento com o homem branco. Agora, estava ali em fluxo de delírio e choro, o mundo almejado era um desmundo – sentia isso dentro do peito.

Madrugada tinha sempre sentenças, em todas as situações e, se ele estivesse vendo a cena de Andreia, das impressões vivenciadas, iria depreender isto: normalmente quando o mundo nos fere com algo muito ruim, perde-se a perspectiva de um bom viver no futuro, o dia seguinte se torna indesejado. Depois continuaria: essa é a perspectiva de todos os suicidas, pois não se mata pelo hoje, mas pela falta de necessidade de um amanhã aterrorizador.

Na escola, o vídeo já tinha circulado por todas as mãos dos alunos, menos dos professores, que estavam em suas salas ainda: sabe-se que nessa coisa de tecnologia os estudantes são sempre mais rápidos. Mas os ruídos e a euforia logo fizeram chegar aos ouvidos dos professores a notícia.

Andreia queria sair daquela posição de caracol, sair do colégio, mas o peso era muito grande. Desses que sobrecarregam o espírito e imobilizam o corpo. O levantar se tornou difícil para ela, com todas as faculdades motoras do corpo, que pareciam amarradas por mãos invisíveis, com uma umidade de sangue proeminente a tocar, com uma frialdade absurda, o seu corpo ainda púbere: era como se o metal de correntes hostis a apertasse, a imobilizasse com uma força, que se mede pelo arroio dos séculos. Andreia sentia o que já tinha visto descrito num verso de Rodrigo Madrugada: desolamento desesperador do substrato de sua alienação.

Mas toda imobilidade pode ser rompida, e Andreia carregava dentro desse complexo de sentimentos o ódio. Foi isso que a fez levantar. Areta viu, em seu rosto, uma expressão a qual não tinha visto ainda. Amira também sentiu que algo muito forte estava acontecendo. Andreia estancou o choro. E saiu da sala, andando com uma expressão, a mais dura e angustiante, que um adolescente poderia ter.

Pela primeira vez iria encarar todos daquela escola. O borbulho do acontecido estava em fuxicos de vozes pelo corredor, mas quando ela passou, em passos firmes, com um soar de agônico, no interior, e de ira, por fora, todos foram silenciando. Viu Ana Amarante mais à frente, que sentiu um arrepio esfriando toda a espinha dorsal, quando viu o olhar de Andreia, que, em explosão de sentimento, expeliu em escárnio o líquido de sua raiva no rosto dela, falando secamente: puta. Alguns estudantes riram de Ana Amarante. Andreia olhou também Vinícius, insinuando que agiria da mesma forma como agira com Ana Amarante; ele se assustou. Ela prosseguiu, mas Amira, que nunca gostou de injustiças, chutou o escroto do Vinícius, com toda força a qual podia empregar.

Assim, Andreia seguiu em direção à portaria do colégio. A diretora e a coordenadora tinham acabado de ver o vídeo; saíram para encontrá-la, buscar alguma explicação para aquilo que ocorrera, e já tinham em mente uma expulsão. As duas observaram Andreia, quase saindo pela entrada principal, gritaram para ela voltar. Ela continuou e saiu do colégio.

Na rua, sua mente rodava em piripaque de desventura: as ideias se entrechocavam sem sentido, o choro voltou a lhe banhar a face, as cenas vinham se recapitulando de forma anímica em sua cabeça, sobre tudo que ocorreu. Estava em desassossego, o amanhã poderia ser aterrorizante. As duas irmãs saíram do colégio também atrás de Andreia. Ela xingou mentalmente umas dez vezes Ana Amarante e Vinícius. O trânsito ia rolando em seu caos cotidiano natural, e ela observava em beirada de quina de pista, em beirada de esquina da vida: via que o seu caos poderia confluir com o caos do trânsito: em seu frenesi de circulação iria ocorrer o fim ainda pueril. Os seus passos foram, em velocidade assertiva, para o meio da pista e nem os gritos de Amira e Areta a conseguiram deter: em *flash* de segundo a buzina do carro, a pancada e uma escuridão plácida se assomaram em sua existência.

13

Mariá desligou o telefone toda derretida, depois de ouvir de Manu que as vistas dele só eram preenchidas por uma beleza, a sua. Ganhou o dia. Seu coração ficou mais terno. Mas ela ainda sentia algo estranho, lhe burilando o coração, com relação as suas meninas. Pressentimento de mãe. Sentimento simbiótico a fazer o criador sentir o que a cria sente, mesmo estando distante. Enlaço dos entes, pode-se dizer. Normalmente esses pressentimentos são sempre certeiros, e Mariá sabia disso. Iria logo à escola. Estava assoberbada de preocupação, de reflexões, que foram interrompidas pelo tocar da campainha. Era a diarista, moça que iria fazer o almoço. Daqui a pouco seria a hora do intervalo no colégio das meninas, iria vê-las nessa hora, tirá-las de lá um pouco; na verdade, sentia uma necessidade muito forte, pungente de ficar perto das filhas. O irresistível sentimento materno a tomava por inteiro. Algo muito impressionante estava acontecendo, e ela teria que ver – identificar o que era. Uma agonia de mãe. Pode-se dar esse nome também. É. Talvez seja o melhor para definir o que Mariá sentia.

Ela também observou, quando falou ao telefone, que Amira e Areta não lhe tinham contado tudo. Algo errado estava acontecendo. Era um pensamento, ele circulava como uma espiral em sua cabeça. Além disso, experimentava (o que a gente chama) de pequenos nós no coração. Eles vão se apertando, gestando uma situação de desconforto, por todo o corpo: teria que sair; encontrar as suas filhas; só o telefonema apenas não iria satisfazê-la. Enxergar Amira e Areta para desatar os nós, era isso que Mariá precisava, de fato.

Deu as coordenadas a Silvana sobre o almoço, pegou a chave do carro, pensou no e-mail, que Mara tinha lhe mandado e logo o esqueceu, entrou no carro e saiu em direção à escola. No caminho, ia pensando nas meninas, no jeito que cada uma tinha. Amira parecia mais com Manu, apreensão rápida das injustiças do mundo e certa revolta, mas, ao mesmo tempo, ela possuía uma meiguice carinhosa, de menina espevitada. Areta já parecia com Mariá, era mais racional, entendia os meios-termos das questões. Além de possuir também a inteligência da sensibilidade, era suave, poética e tranquila.

As duas, para Mariá, eram o traçado melhorado seu. Assim buscava dar toda base, para que elas se construíssem grandes, melhores do que a época que as envolvia.

Mariá ao dirigir tinha várias reminiscências de histórias, advindas das suas pesquisas sobre a escravidão; gostava de ler os processos criminais, ou os recorrentes da época, além dos recibos de compra e venda dos escravizados. Assim viu, em passagem de velocidade, um negro aparentando ter meio século, com um olhar rente de quem se manteve digno em todos os momentos de sua existência. Ele lhe fez relembrar a história de José Mambi, negro escravizado, que trabalhava no ganho, no início do século XIX, na Cidade de Salvador.

Mambi foi homem de um grande feito, desses de inteligência arguta e perspicaz. Conseguiu dar o lance maior, em seu próprio leilão, e comprar a sua alforria. Golpe de mestre que foi comemorado nos terreiros escondidos pela cidade, em batuques de alegria. Isso mesmo, ele estava em leilão e conseguiu dar o maior lance; os brancos ficaram perplexos, principalmente o que o escravizava, mas era um negócio lícito, não tiveram como protestar, o branco levou o dinheiro do leilão e José Mambi, depois disso, se sentiu um dos homens mais livres de todo o mundo. A liberdade se conquista com feitos, e o dele foi, de fato, um feito genial.

Mariá sempre abria um sorriso, ornamentado em felicidade, quando se lembrava desta história. Ela brincava dizendo, em riso solto: eu sou uma das pessoas que mais sabe dos feitos dos negros neste país, pelo menos os da Bahia, ninguém sabe mais do que eu. Ria.

O carro seguia, o pensamento se voltava de novo para as meninas, queria logo chegar ao colégio e encontrá-las. Quando ela era criança, toda vez que sua mãe dizia que não era para sair, pois estava com o mau pressentimento, Mariá nunca ousava desobedecer; ficava em casa, sairia outro dia, quando essa impressão fosse embora. Isso tudo passou para ela. Era transpassado em sua relação com as filhas. Por isso, tinha que vê-las, não poderia ir contra a sua natureza de mãe, nem aos ensinamentos, que foram passados pela sua matriarca.

Em outro momento, Mariá viu uma negra linda, saindo da universidade; tinha um olhar perdido, estava em abstração de alguma questão acadêmica, mas andava firme, sabendo os passos da sua vida. Assim, lhe veio à lembrança outra história, que viu em seu trabalho de pesquisa. Ela tinha sempre a mania de voltar ao passado, mas buscava a linha tênue da sua viagem no presente. Os fatos e as pessoas presentes poderiam instigá-la a voltar para as lembranças, em abstração histórica, para o tempo passado.

Mariá tinha o poder de personificar a história, ela contava e todos que a ouviam, ou liam os seus artigos, realmente, eram transpassados para o passado. Sim. Como num filme de época. O imagético e o conceitual se relacionavam. Em seus estudos e escritos existia uma correlação fortíssima entre história e literatura, ela dizia: aí está a conjugação perfeita para se fazer um retrato histórico do passado.

Mas voltemos à lembrança da negra, que estava em abstração acadêmica, em pleno sol da soterópolis baiana, que fez Mariá se lembrar da seguinte história: em fins do século XVIII, uma jovem jeje escravizada, chamada Tuane, conseguiu, em sedução de melhor viver, trazer para si um escravocrata, o seu proprietário: primeiro o senhor quis usá-la. Não conseguiu, mas ela deixou espaço para a vontade ir tomando maior formato, de maneira que o escravocrata começou a sentir desgosto pela sua senhora. A senhora sentia muita raiva de Tuane e a tratava em maus-tratos de inveja e ciúme, por causa de sua beleza e altivez.

O escravocrata, pela apreensão, em seu peito, de uma grande paixão, acabou em ação passional matando a sua senhora, numa dessas raivas de abafo de travesseiro. Ele usou tanta força, que terminou dormindo após o ato de morte, junto com a sua companheira. Só teve, de fato, a noção do que tinha acontecido ao amanhecer. Não sentiu remorso. Só certo desassossego por ter assassinado uma pessoa igual a ele.

Os brancos na época da escravização não tinham o costume de matar a si próprios, só os pretos. Então, ele ficou ouvindo uma voz insistente em sua mente de pecado cometido. Mas a paixão por Tuane era o maior sentimento, a lhe tocar no peito; mesmo com a sua rejeição, ele não tinha coragem de maltratá-la.

Esse sentimento foi tomando formas agudas, arrebatando-o de maneira tão surpreendente, que ele buscou lhe dar a alforria em troca do casamento. Tê-la à força, para ele, seria como não tê-la. Essa reflexão ornamentou toda a sua mente, no processo de sedução. A paixão em via de vida e de desejo é grande se conquistada, não tomada pela instituição de poderes reunidos, pois, aí, não seria ele que ia tê-la, e, sim, os poderes que lhe cabiam.

Tuane se casou com Procópio Ferreira, conseguiu tê-lo em suas mãos, de maneira que o poder da fazenda fora se tornando mais dela, até que, no dia 29 de março de 1790, ele morreu, lhe deixando tudo.

Em suas pesquisas Mariá viu que, primeiramente, ele ficou louco; ouvia as vozes de todos os escravizados mortos, em torturas atrozes em sua fazenda. Além de sempre ter visões da sua antiga esposa e, num ataque, que poderíamos enquadrar hoje como epilético, ele faleceu com a língua torta, em babas de desespero, aos olhos poderosos de Tuane Ferreira. Ela se tornou, assim, a negra mais importante do período colonial na Bahia. Mariá também dava um sorriso largo, desses de admiração, quando contava a história de Tuane Ferreira.

Ela conseguia fazer um enlaço perfeito do passado com o presente, deixava tudo à vista dos seus leitores, buscava preencher, com as suas pesquisas, as lacunas abissais sobre a história dos negros no Brasil, tendo como seu *lócus* maior Salvador. Mariá afirmava que era nas estórias particulares que estavam os segredos, para que todos viessem entender a vida dos afro em outros períodos históricos. Não buscava muito uma análise genérica, via nos pequenos casos o tesouro perdido e se fixava neles para achar o sumo, a essência inalienável da vida dos pretos no país.

Agora voltava a pensar em suas filhas e já se aproximava da escola, depois falou para si: passos firmes daquela moça, por isso me fez relembrar da grande mulher Tuane Ferreira. O horário do intervalo das meninas já estava próximo, e se encontrava, neste momento, presa no trânsito. Refletia: os nós no meu coração parecem ser muito mais fáceis de desatar do que os nós da cidade. O seu iria ser desatado depois que visse as filhas; os da cidade pareciam ser nós de marinheiro, desses que passam séculos sem desatar.

Mariá tinha que chegar antes do fim do intervalo, para não ter que tirá-las da sala. Mas iria de qualquer jeito levá-las do colégio; o pressentimento só iria ser sanado, passando o resto do dia junto com Amira e Areta. Mesmo assim, sentia o aperto angustiante crescer ao ir se aproximando mais e mais. Tinha certeza, agora, de que estava acontecendo algo. Buscou telefonar, mas a ligação só caía na caixa. Irritava-se com isso, batendo no volante. o que está acontecendo com essas meninas? Indagava-se. Ia de metro a metro ao rolar do trânsito. Se enervava. Mariá sempre asseverava, em simples trocadilho: que Salvador é uma cidade descabida, mas cabida de muita beleza. O descabido está no trato que os seus governantes lhe deram no transcorrer de sua história, e o cabido é a forma como o povo e a natureza a constituem, com o seu soar musical, uma ousadia mandingueira e o azeviche dos homens e mulheres a subirem e descerem os quatros cantos da cidade trabalhando.

A escola já estava próxima, apesar do estender de minhoca dos carros, os quais se alinhavam em sua frente. Mas já dava para, em horizonte de olhar, ver o colégio. O trânsito já se desafogava. Os carros ganhavam maior velocidade. E Mariá aprumava o olhar a ver uma menina, a qual poderia ser uma das suas filhas, se encaminhando para o meio da pista, entrando na frente de um carro, que se tinha depreendido do trânsito, sendo atingida em impacto de velocidade.

Mariá, olhando em desespero, deu um grito: NÃO!!! e acelerou para ver se era uma das suas filhas, mas logo viu as suas meninas, perplexas também, em grito, desesperadas com o acontecimento.

Ela estacionou o carro. Viu todos da escola saírem, depois de ouvirem a zoada da pancada; queriam ver o que tinha ocorrido. Em seguida, saiu correndo atrás de suas meninas, elas estavam na beira da pista, olhando toda aquela cena, toda a movimentação das pessoas e dos carros, que paravam para observar melhor o acidente. Mariá chegou e abraçou as suas duas filhas. pronto, minhas filhas, eu estou aqui, estou aqui. Depois ela foi ver Andreia, ligou para o pronto-socorro, para mandarem uma ambulância.

A rua estava em polvorosa, buzinas de carros, gente que, dos ônibus, avultava as suas cabeças para fora da janela, para ver o ocorrido. Além de vários comentários efusivos, que já iam se espalhando pela cidade, muitas pessoas desesperadas, querendo prestar socorro.

A coordenadora, Rita Ferrenho, e a diretora, Evanice Angelin, se aproximaram também. Os pensamentos que as envolviam ventilavam em suas mentes um pragmatismo institucional: como pode esta menina morrer logo aqui, na frente do colégio, uma tragédia! Ainda tem esse maldito vídeo.

Amira e Areta ficaram vendo toda a situação, sentiam em conjunto dois sentimentos: desespero e raiva. As suas cabeças giravam ainda, com tudo que tinha ocorrido. O dia estava sendo difícil, e pensavam: ainda bem que nossa mãe está aqui.

Evanice Angelin ligou para Fernanda. Contou o ocorrido

com a sua filha. A ambulância já havia chegado. A diretora pediu que Fernanda fosse direto para o hospital. Foi o que ocorreu. Mariá pegou as suas filhas, pediu que elas entrassem no carro. Ela sabia que a história dos negros, no Brasil, era de muita perda. Ela mesma perdera o seu primeiro namorado, Zito, quando ainda era muita nova. A maioria das famílias negras no país passou por situações catastróficas. Sabia disso. Nesse momento, ela se lembrou de um caso, ocorrido no bairro da periferia de Salvador, chamado Beiru. O episódio foi o seguinte: houve uma operação policial no bairro, os policiais invadiram várias casas, atrás de drogas e de alguns traficantes e, por desígnio maldito do destino, invadiu a da dona de casa Maria das Dores, mulher que tinha dois filhos: um de dezesseis e outro de dezoito anos. Não achando nada, os policiais, para não perderem a viagem, como um deles falou, mataram o rapaz de dezoito e disseram ao de dezesseis que, assim que atingisse a maior idade, ele iria morrer também.

    A família entrou no serviço de proteção a vítimas durante esses dois anos, devido às pressões dos movimentos sociais, dos direitos humanos etc. No entanto, a sombra do carrasco sempre esteve presente e, quando o garoto fez dezoito anos, foi assassinado pelo algoz. Maria das Dores enlouqueceu e também não viveu mais que um ano. Mariá buscou se esquecer dessa história, ficava revoltada toda vez que se lembrava de tamanha injustiça. Dava-lhe um nó na barriga. Beijou as filhas já dentro do carro e partiu em direção a sua casa.

    Amira estava séria, e não sei por que pensava em borboleta: veio à mente a imagem de uma voando, enquanto sentia o vento, que entrava forte no carro, via o bater suave de suas asas ao cortarem, ou ao agregarem o vento para o seu voo. Depois lhe veio a sucessão de todo o ocorrido naquela manhã, que descambava no atropelamento de Andreia. Tentou pensar na borboleta de novo, não conseguiu. Mas depois se tranquilizou, recuperou seu ar seguro, não era de se abater tão facilmente, lembrou de Madrugada, de uma frase sua: na vida o ruim ocorre para se depreender o bom. Era uma frase simples, de efeito, mas que servia bem para apaziguar a consciência de uma adolescente.

Areta não pensava em nada, até que sentiu o solavanco do carro, devido a um buraco na pista. Na verdade, sua mente foi preenchida por uma música. Uma dessas que nunca tinha ouvido, mas se assomou ao ritmo do que estava sentindo. Era uma melodia estranha, uma espécie de canto agônico, com pausas estendidas, que eram interrompidas pelo ronco do carro.

Depois olhou para a sua mãe, se sentiu segura por ela ter chegado naquele momento. Fez também uma retrospectiva, em instantes de segundos, de tudo que ocorria naquela manhã, se deparando com Andreia, caída naquele chão, com toda aquela gente envolta, todas aquelas buzinas de carros e farfalhar de vozes agudas, e choros de algumas estudantes mais ventiladas nas superfícies das emoções.

Mariá, segurando o volante, era tomada pelo pensamento de como foi importante ter seguido os seus instintos maternos, suas filhas estavam mesmo precisando dela: o que os entes sentem as mães pressentem. Construiu esse trocadilho olhando para as meninas, que continuavam caladas. Depois lhes perguntou: tudo bem, meninas, estão machucadas? Elas responderam quase simultaneamente: não, minha mãe, estamos bem.

Nesta hora, Areta e Amira observavam o céu. Ele começava a costurar nuvens cinza umas às outras. A soterópolis baiana ia perdendo o seu ensolarado comum, a costura ia criando uma sombra gigantesca, a se estender sobre os prédios, carros, ao horizonte das favelas, casarios e aos corpos das pessoas a andar pela cidade: se estendia quase como um eclipse solar, mas não chovia, a chuva parecia estar condensada na nuvem gigantesca. Não queria cair. Mas mesmo assim algumas frestas de sol rompiam todo o céu cinzento.

Amira olhava para fora do carro, via todas as pessoas se preparando para a chuva, que não vinha. Mariá buscava logo chegar em casa, pois com chuva e trânsito transcorre desassossego.

Areta relembrou do olhar das pessoas, as quais estavam dentro do coletivo, elas estavam alvoraçadas para ver o acidente. Ela já tinha ouvido do seu pai a seguinte frase: neste frenesi da vida moderna, a tragédia virou draminha, para se agregar às conversas coloquiais do cotidiano.

Entendeu isso quando viu todo aquele alvoroço, sentiu raiva. O mundo ia se desvelando para ela, mostrando a sua face horripilante. Os olhos das pessoas se avultavam abruptamente para enxergar, em briga de janela, o que tinha acontecido. Alguns outros buscavam filmar com o celular. Constituía-se o espetáculo, a construir as resenhas, para todos terem algum assunto, para quando voltarem às suas casas depois do trabalho terem o que contar.

Amira também tinha visto as mesmas coisas, e na hora lhe veio, como um raio, outra frase de Madrugada: a época fenece o espírito, a loucura se assoberba. Entendia o sentido dessa frase, vivenciando a situação de Andreia. Amira sentia raiva também, o mundo ia dando as suas cartas de maneira drástica para as duas irmãs.

O céu continuava com as nuvens carregadas, mas sem

verter uma gota de chuva ainda. Amira e Areta se acostumaram com esta paisagem; começaram até a achá-la bonita. Parecia se conjugar perfeitamente com o momento que viviam. Madrugada tinha outro versinho, a transparecer bem o que elas sentiam nesse momento: a natureza coexiste com os nossos sentimentos. Uma vez, ele brincou com elas: foi em um dia semelhante a esse, que estão vivenciando, e lhes falou em tom de brincadeira, depois de ter recitado esses versos para Manu: se vocês chorassem, a natureza iria verter os rios suspensos no céu.

Mas o céu continuava cinza, e Mariá já via, no horizonte próximo, a sua casa. Sentiu um alívio desses de mãe que tirou as suas crias do perigo; por outro lado, estava triste pelo que havia acontecido com Andreia. No entanto, agora, iria confortar as meninas, e saber tudo o que houve no colégio.

14

Fernanda estava em casa, preparando o almoço para Andreia, quando o telefone tocou. Antes disso, já tinha sentido um aperto no peito, quis telefonar para a filha, mas desistiu: ela não gostava de ser incomodada na escola. Atendeu com certa aflição ao telefone, um destempero de pressentimento, apesar de não imaginar que fosse algo grave, que estava acontecendo. Ouviu a voz da diretora: oi, bom dia, é a mãe de Andreia? Fernanda ouviu, por trás do vozear desta senhora, sons de buzinas de carro, de passar de transeuntes; existia um caos urbano em segundo plano a assustá-la, falou: sim, sou. (depois já com um tom aflito perguntou) o que ocorreu com a minha menina? Evanice hesitou, nesse momento, pensando na melhor forma de lhe dar a notícia. Fez uma pausa com o silêncio da aflição exposto nos poucos segundos, mas tomou coragem, devido à gravidade do acontecido, e disse: dona Fernanda, a senhora terá que ficar calma com o que eu vou lhe falar. Fernanda ficava mais nervosa, pelo fato de ela ter pedido que ficasse calma, e explanava: se a senhora me contar vou ver como fico, então me conte logo! Evanice tomou fôlego e com uma voz de lampejo de afirmação, disse: sua filha foi atropelada, mas já está na ambulância, indo para o hospital. Fez-se um silêncio de novo, e em poucos segundos Fernanda em desespero interrogou, não acreditando no que estava acontecendo: atropelada?! Evanice já sentindo a sua desesperação no outro lado da linha afirmou. sim, mas acho melhor, agora, a senhora ir direto para o hospital: minha assistente, Rita Ferrenho, que está indo com Andreia na ambulância, irá passar os detalhes do ocorrido, além de suprir qualquer eventualidade. A diretora falou para qual hospital estava se encaminhando a ambulância, e Fernanda desligou o telefone, já em lacrimejo de angústia.

Naquele momento ela ficou atabalhoada: era como se tomasse uma rasteira, dessas em que se voa e perde-se, no voo, o prumo do chão. Pensou em ser castigo divino. O que ela tinha feito aos céus para estar ocorrendo isso com a sua filha? Sentiu o aperto aterrorizador no peito, a lhe fazer sentir um arrepio maldito por todo o corpo.

não com a minha filha. Esbravejava, balançando a cabeça.

Uma angústia dessas que têm um amarelo ocre, com o peso do desespero, apertava a sua consciência. Oprimia o seu cérebro em ruídos absurdos de enxaqueca.

Pensou agora no pai de Andreia, o belga, Simon Kompany. Ele iria crucificá-la se acontecesse algo de ruim com a sua filha brasileira.

Simon Kompany se dizia um humanista, um humanista herdeiro e redentor das atrocidades cometidas pelo seu avô, que fora um desses cortadores de mãos pretas no Congo, e pelo seu pai – que fora um rico empresário da indústria têxtil. Seu avô tinha dito para o seu pai, em afirmação de negócio: meu filho, é necessário ter roupas para vestir milhões de corpos nus, para formarmos bons cristãos no Congo. Essa ideia fez a riqueza da sua família.

Assim, ele veio buscar sua redenção na Bahia, terra de pretos e, para Simon, sem um histórico oficial de guerras. Assim veio, teve um caso com Fernanda, originando, para a sua felicidade, a filha Andreia. No entanto, ele já era casado na Bélgica, o que não lhe permitiu se casar com Fernanda, visto que também não era a sua intenção, mas pôde, mesmo sem estar presente, dar todas as condições para as duas viverem com conforto em Salvador. Deu, segundo ele pensava, para lavar, extrair, de si, um pouco de sangue, que gotejava em sua riqueza.

Fernanda, quando se envolveu com Kompany, tinha apenas dezoito anos. O gringo já estava com meio século de idade. A flor da sua idade foi amalgamada pelo imbróglio astuto do dito velho continente, dando origem a Andreia. Dizem por aí, frase saída da boca dos intelectuais de porta de bar: buscasse lavar o dinheiro sujo, como também o sangue derramado dos inocentes, para assim manter a consciência tranquila.

Fernanda estava nos eflúvios dos milhões de pensamento agoniados, mas só tinha um... No qual ela não ousava acreditar – a morte de sua filha. Não iria ocorrer isso com ela, refletia assim, não merecia sofrer tamanha dor.

Dizem que, quando morre o filho antes dos pais, estes falecem um pouco também: continuam a viver a vida sem um pedaço de si. Fernanda gostaria de continuar inteira, ou melhor, inteiriça. E só poderia ficar assim com a sua filha viva. Quebradas existências não a fariam viver. Queria a completude de sua menina. A morte de sua filha seria como silenciar parte de sua existência, que ainda estava se desenvolvendo. A filha ainda era uma lagarta, estava virando uma borboleta, ela nunca pôde virar uma, mas iria transformar-se com os voos da sua menina, para os horizontes mais crepusculares que a vida lhe poderia oferecer. A morte dela seria como se extirpasse a parte melhor da sua vida, era o que sentia.

Assim, em pressa de desassossego, ela chamou Robson, o motorista, para tirar o carro da garagem. Enquanto esperava o automóvel, se lembrou de sua mãe, que sempre lhe falou para nunca esquecer quem era: a terra que pisamos com os nossos pés é a que nos acode quando não temos mais chão.

Não entendia por que lhe viera à mente a frase de sua mãe Joaquina. Uma sambadeira muito importante, que tinha passo de orixá nos pés e obrigação em dias. Era muito sábia e, toda vez que via Simon Kompany, fazia bico de fumo de rolo e um muxoxo. tsc. Falava para Fernanda: esse daí... hum... não vale nada. Depois dizia para as outras pessoas, o que irritava profundamente a sua filha: essa menina sempre foi metida. Nunca olhou para ninguém daqui, sempre quis esse povo pálido de fora.

Toda vez que Fernanda ia à casa de sua mãe, Joaquina, ela falava a mesma coisa, quando não xingava, se estivesse tomando umas. Dessa maneira, Fernanda foi diminuindo as visitas, diminuindo até não ir mais. E, depois que a filha nasceu, ela cessou qualquer ida. Joaquina falava com as vizinhas sobre a ausência da filha: eu que a coloquei no mundo, se não fosse por mim, ela não tinha nascido. É o filho que procura os pais, não o contrário, foi assim que aprendi. Se ela quiser me apresentar a minha neta, ela a traga e me apresente, eu lá não vou. Só porque ficou rica...

Passaram anos sem se falar: Andreia já estava grandinha e, por insistência de uma tia de Fernanda, irmã de sua mãe, Margo, ela levou a menina para Joaquina ver. A velha ficou emocionada, achou a menina bonita, mas meio pálida, para irritação de Fernanda e, um dia após a visita da filha e da neta, faleceu.

Ela ainda estava sem entender: por que a mãe lhe apareceu nesse momento. Deixou de pensar nela. Robson já havia tirado o carro da garagem. Ela entrou e o mandou ir, o mais rápido possível, para o hospital.

À mente de Fernanda aparecia a ideia de como ela tinha zelado pela sua filha, para estar passando por isso agora. Lembrou-se de quando ela nasceu; não chorou de antemão, fez alguns segundos de silêncio, como se pedisse licença para chegar e depois esbravejou.

Para Fernanda, aquele foi o melhor choro que tinha escutado em toda a sua vida. Era música para os seus ouvidos de mãe. Mas tinha a possibilidade de deixá-la quietinha no silêncio da mama. No conforto seguro do seu colo. Nessa hora, ela se sentia uma deusa, podia controlar uma existência. Ver o seu corpo servindo de alimento para a sua cria. De maneira que ela ia observando a filha ir ficando forte, ganhando forma e força para dar os seus primeiros passos, tomar as quedas e prosseguir, tendo sempre o seu auxílio para as empreitadas mais difíceis.

Ela seguiu assim: cuidado por cuidado, carinho por carinho, até que as cordas vocais de sua filha ficassem tão fortes para articular a palavra com a qual todas as primeiras mães sonham, a qual desejam escutar como um tesouro materno, mas que sempre vem como uma doce surpresa, dessas que realizam uma mulher e preenchem o seu coração de dengo: mamãe.

Mariá dizia que essa situação na Bahia tem outro estágio maior de dengo, de afetividade, de docilidade fraterna, que as mães ficam mais derretidas e dão risos de contentamento, ao ouvir, sendo proferida, com todo o acalento e chamego esperto das crianças baianas: mãinha.

Nenhuma mãe resiste à zanga, ao calundu dos dias corridos

de trabalho depois de ouvir o seu filho a chamar com todo esse carinho. Elas assim revigoram-se matriarcas para as batalhas enfrentadas no cotidiano. Sentem-se preenchidas pelo sentimento simbiótico, que faz do seu ente uma parte sua, aquecem o seu coração com o acalento fraterno, emanado pelos seus filhos, e fazem do mundo um local menos hostil para se viver.

 Fernanda não poderia viver feliz sem ouvir esta palavra tão cara aos seus ouvidos. De maneira que falava para si dentro do carro: minha filha vai ficar bem. E pedia pressa para Robson, que se emperrava no trânsito.

 A cidade nesse dia estava realmente no frenesi de acontecimentos, pelo menos era isso que transparecia. A única coisa a tirar, ou diminuir, todo esse caos urbano era a visão do mar da Baía de Todos os Santos. Mar plácido estendido às belas ilhas como um tapete gigantesco ao horizonte – a se perder dos olhos. Mas esta visão não cabia nas vistas de Fernanda. Tem que estar com a cabeça leve, para perceber a beleza e a de Fernanda estava em amargura de entulhos sentimentais. A vida nunca fora fácil para ela, por isso facilitava a da sua filha. Mas se a perdesse as coisas iam ficar insuportáveis.

 Mariá afirmava sempre que o único dengo a não aceitar perdas é o de mãe e explanava isso com esta frase: o filho morrer antes da mãe é uma anomalia absurda, corta o prosseguir normal da natureza. Isso são coisas que passam na cabeça da maioria das mães. É o instinto de preservação das suas crias que as fazem tão corajosas. Já vi Mariá falando para Manu, em imposição da sua autoridade de matriarca da casa e afirmação de feminilidade: uma mãe tem mais forças que dez homens, ornamentados em músculos, quando um filho está em perigo. Depois dava risada e perguntava se Manu queria que ela o carregasse para provar. Ele sorria e dizia que não.

    Fernanda continuava pedindo pressa para o motorista. Robson mandava ela se acalmar. O trânsito estava problemático. Ele já trabalhava havia uns cincos anos para Fernanda: Simon Kompany o havia contratado para fazer esses serviços, resolver tudo o que fosse necessário para elas.

    Robson morava na Liberdade, era um dos tocadores de um bloco afro de carnaval, entendia bem o que se passava na cabeça de Fernanda, não concordava, não dava pitaco, mas, de vez em quando, cantava alguma música que falava da resistência do povo negro, ou algum canto em língua Iorubá, enquanto lavava o carro. Andreia gostava de ouvi-lo cantar, ele era a figura masculina com a qual ela tinha mais proximidade.

    Ele também estava apreensivo com o que poderia acontecer à menina, quando a deixou na escola: sentiu uma irresistível vontade de levá-la para casa de novo. Não era sua filha, senão faria isso, é a filha de Fernanda com um branco rico, tinha que fazer o seu trabalho, e torcer para tudo ser só um falso pressentimento, pensava Robson.

    Ele via através do espelho que a refletia, no banco do fundo, o rosto de Fernanda. Ela era bonita, um rosto negro em traços de beleza. E enxergou no seu olhar a expressão dos olhares de várias mães, as quais perderam os seus filhos nos embrulhos sistemáticos do genocídio. Ele já tinha observado, muitas vezes, a trajetória das mulheres do seu bairro, quando elas recebiam a notícia de algo ruim ter acontecido com os seus filhos e saíam atrás dos rebentos, para saber o que houve.

    A trajetória até o encontro do ocorrido, da confirmação

do fato, tem as suas reverberações nas expressões faciais das mães: o desespero possui volumes, ele vai ganhando corpo, tonalidade, no interior das nossas entranhas, se infecta como um veneno, pela nossa corrente sanguínea, franze a nossa face, a deixa em estado de pré-choro, e nos faz caminhar em busca da ratificação, no caminho... O qual não é todo destituído de esperança, ela continua. Mesmo a maior possibilidade de tragédia, não perde o grão de areia da esperança. Frase feita para situação, mas tem as suas prerrogativas de verdade. É assim que todas as mães saem para encontrar os seus filhos, em situação de desassossego, e quando vão se aproximando e os veem em posição de tragédia, o desespero se intensifica e ganha o arroubo do grito.

Era isso que Robson enxergava no olhar angustiado de Fernanda, pedindo-lhe pressa. Vamos, Robson, ultrapassa esses carros. Ele via o seu padecimento, e buscava se desvincular do engarrafamento da soterópolis baiana, mas era um nó feito mesmo, tentava seguir da melhor forma e o mais rapidamente possível.

Apesar de Simon Kompany ter dado conforto para as duas, o primeiro presente que Fernanda deu para Andreia foi um sapato de crochê, feito por ela. Fernanda fazia questão de mostrar para a sua menina isso, pois ela fizera com as próprias mãos. Foi um presente de dengo guardado até hoje na sua caixinha das lembranças.

Fernanda demarcava todas as fases da vida de sua filha com algum feito simbólico, tinha a impressão de que o tempo da vida... Ele pode estar nas coisas dadas de presente, utilizando um argumento conceptista de Madrugada; pode-se explicar, pôr em linguagem escrita, a impressão que Fernanda teve: os presentes demarcam o tempo e essas ações demarcadoras contêm fases, que dão conta de certo tempo.

Rodrigo Madrugada, quando não estava escrevendo versos, inventava esses jogos conceptistas, fazia-os mentalmente; sempre buscava estar brincando com as palavras, ele dizia que elas possuíam, em seu cérebro, um encaixe sintático diferente de todos os seres humanos. E jogava em alguma conversa, sabia que pouca gente iria parar para entender, mas iriam dizer com olhar de interrogação: é mesmo.

Vinham à mente de Fernanda as imagens de todos os objetos que já tinha dado a sua filha: os sapatos de crochê quando era bebê, as roupinhas, os vestidos dela já mocinha, tudo continha a sua menina no tempo bom de sua vida. Não iria perder isso, ainda teria que vê-la casando, para poder demarcar, com mais presentes, os tempos felizes de sua vida. Para que Andreia, ao ficar velha, vá buscá-los, no baú das lembranças guardadas pela sua mãe, e reviva a sua própria existência em recordações de memória.

Ela se recusava a pensar em algo que lhe tirasse a sua filha. Andreia, para ela, teria que viver muito para ter um passado grande a relembrar. Ainda se indagava: muita gente é atropelada e não tem nada de grave, deve ter acontecido isso com minha menina, também com aquela cabeça de vento... estava muito distraída esses tempos... Abria um sorriso tímido e se enchia de esperança, ao se lembrar de como Andreia esquecia as coisas em casa. Mas, como uma nuvem cinza, aparecia o atroz dos pensamentos, o qual ela buscava afastar da sua mente, a repetir muitas vezes a frase: ela está bem. Ela está bem. Ela está bem.

Fernanda olhou para o céu: observou que as nuvens estavam iguais aos seus pensamentos – cinza. Estavam densas a pender em ameaça para a chuva. Mas não caía uma gota sequer.

Robson continuava a guiar o carro, tentando se desprender

do nó do engarrafamento. Estava ficando nervoso. E mentalmente xingava, com os impropérios mais ferozes, todos os políticos de toda a história da cidade, desde Thomé de Sousa até os atuais. Era muita gente para ser xingada, e a vagareza do trânsito permitia esse exercício. Ainda se indagava se Salvador, uma cidade majoritariamente negra, nunca teria um prefeito negro em exercício pleno de mandato. Não tinha muita esperança com relação a isso: o racismo é o veneno a corroer com obliterações todo caminho possível a isso. Mas há sempre o campo aberto para novos acontecimentos; quando menos se espera aparece a mulher ou o homem, imbuídos do gênio da época a causar subversões. (Tomara que isso ocorra logo) pensava Robson, fazendo uma curva complicada, numa avenida com um nome de um ex-governador, que também caiu em seu exercício mental de xingamentos aos políticos, pois se viu em um congestionamento absurdo de novo, deixando Fernanda mais desesperada, mas ela percebia que a culpa não era dele. essa cidade também não ajuda. Falou alto no carro.

 O caos urbano é formado pela conjugação de surtos individuais. O caminho de todos se entrecruza em nós de destino. Mas Fernanda e Robson queriam desatá-los para encontrar logo Andreia. O fluxo do trânsito seguia como formigas que se batem em interrupção de itinerário, e vão atrasando a vida umas das outras. Era horrível, ainda mais quando se tem pressa de vida. Pressa de resolver algo essencial. Era a vida da sua filha, e tudo parecia atrapalhar ou retardar o momento do encontro.

 Fernanda, assim, olhou o céu de novo, viu o céu cinza pendido de chuva, desceu o olhar e enxergou no horizonte uma menina com farda de colégio, falou com o motorista: olha, Robson, que menina bonita, parece com a minha Andreia, não acha? A diferença é só o cabelo; não sei para que esse cabelo *black*. Robson ouviu isso e falou: ela é bonita, senhora, e parece com Andreia, o cabelo dela está ótimo assim, para mim. Fernanda o fitou através do espelho do carro e disse: tá bom, mas, se fosse a minha filha, tenha certeza de que eu alisava.

O motorista fez um bico igual ao de sua mãe, ela não entendeu bem o porquê, mas esqueceu do assunto, vendo a menina indo já distante.

A demora a fazia sentir uma angústia, dessas de cem agulhas, adentrando lentamente o seu coração de mãe desesperada. O alfinetar de uma dor de pressentimento, de algo atrozmente ruim, a fazia verter algumas lágrimas que, logo, eram enxugadas pelo lado externo do seu antebraço a ficar todo úmido. Depois dizia para si: ela vai ficar bem.

O choro prosseguia, não conseguia mais estancar o seu sofrimento. Robson já conseguira sair do nó do trânsito. Em alguns instantes, Fernanda iria encontrar a sua filha. Iria cuidar dela, como sempre fez. O choro prosseguia e Robson buscava deixá-la mais calma, lhe dizendo que a sua filha iria ficar bem.

O hospital agora já aparecia no horizonte e Robson falou para Fernanda, que se encontrava em lágrimas: se acalme, senhora, já estamos chegando. Fique firme, que Andreia vai precisar.

Ela o olhou balançando a cabeça em sinal de concordância, depois estancou as lágrimas, vendo o hospital próximo. A filha dela estava lá, e ela não sabia o seu estado, não sabia se estaria chorando, ou a chamando, se estava consciente; se a batida, o atropelamento, tinha lhe ferido muito. Os "SES" iam aureolando a sua consciência monstruosamente. Mas isso tudo iria acabar. Ao mesmo tempo, Fernanda morria de medo da forma como poderia encontrar

Andreia. Os fatos tinham que ser vistos, só não queria que eles fossem pesados, aleijadores da vida de sua filha.

Para Fernanda o que iria acontecer era encontrar a sua filha com algum machucado, ela iria ser medicada e, no mesmo dia, iria levá-la para casa, para os seus cuidados de mãe. Iria preparar a comida da qual ela mais gosta, compraria alguns presentes para mimá-la, com todo o seu dengo, e tudo isso ficaria para trás, como uma lembrança ruim, que deixaria a sua menina mais forte, para enfrentar as intempéries futuras da vida.

Fernanda só estava preparada para essa possibilidade, não buscava imaginar nada diferente disso. Afastava com todas as forças os pensamentos ruins, tudo o que pudesse lhe tirar Andreia era rechaçado. Sua menina iria sair inteira, era só uma dificuldade a ser superada. é sim. Falava com toda força do seu coração. E acrescentava: se Deus existe, Ele não vai deixar que um anjo padeça. Assim, Robson adentrou o estacionamento do hospital e os dois saíram rapidamente para ver onde estava Andreia, para sanar ou fazer que o desespero de Fernanda ganhasse tons maternos de gritos agônicos.

15

Ana Amarante ouviu o baque do acidente, junto com a freada do carro, de dentro da escola; saiu para ver, no meio afoito de vários outros colegas, que estavam curiosos. Ela viu Andreia no chão e Amira e Areta no beiral da pista estáticas – em desespero. Ana Amarante observou Mariá saindo do carro, checando as filhas, indo em direção de Andreia e depois ligando, com certa preocupação, para o pronto socorro, buscando, o mais rápido possível, trazer uma ambulância. A diretora e a coordenadora passaram, com a mão apertando a cabeça em sinal de angústia, correndo, em vulto de passagem, ao lado de Ana para ver o verdadeiro estado de Andreia, da qual Amarante tinha feito a filmagem em plano de *trollagem*.

Ana, pela primeira vez na vida, viu a possibilidade de sofrer represálias, de ser punida por ter gravado e postado o vídeo, o que descambou em tudo o que estava ocorrendo.

Seu pai, Godofredo Amarante, era um empresário influente na cidade, ele tinha uma empresa que agenciava a carreira de famosos cantores(as) do axé, e dava conta da organização, do *mainstream* do carnaval baiano. Ele detestava exposição negativa, atrapalhava os negócios, perdia-se dinheiro, afirmava. E isso servia para qualquer pessoa da sua família. Criou os filhos dentro desta filosofia: mantenham-se as aparências mesmo quando a merda estiver feita.

    Ana Amarante sabia disso, e buscou resolver o problema. Chamou o seu primo Vinícius, pegou um *nerd*, chamado Zgrau, que estava com as mãos tapando os olhos, para não enxergar o que tinha ocorrido, e entraram de novo na escola.

    Ana falou para os dois em frenesi: temos que tirar esse vídeo da rede. Vinícius estava estupefato com o que tinha ocorrido, tinha uma espécie de sentimento, em semente de caráter, de culpa. Mas não chegava a germinar na terra podre em que tinha se metido. Nunca iria virar uma boa fruta para nutrir a sua vida de bons sentimentos. Mas sabia, como Ana Amarante, que era necessário tirar aquele vídeo da rede, antes que se espalhasse pela internet e chegasse às vistas de Godofredo Amarante.

    Falaram para Zgrau: então, temos uma missão para você... Afirmou Vinícius e acresceu: excluir esse vídeo e tirar todas as possibilidades de ele circular na net. Ana Amarante acrescentou: acho que não deu tempo de alguém baixar ainda, todos devem ter só assistido.

    Zgrau era um desses meninos para quem o mundo real não tinha muita relevância, só se sentia sujeito no mundo virtual, tinha o que podemos chamar de ciber-desenvoltura e, no mundo real, era um invólucro de introspecção e estranheza juvenis. Mas, mesmo assim, como um bom *hacker*, exigiu uma grana de Ana Amarante e de seu primo para fazer um trabalho bem feito.

    Ana lhe afirmou: isso não é problema. Dito isto, ele logo começou o trabalho. Fazia as suas viagens na rede bloqueando o vídeo, excluindo tudo que estava relacionado. Ainda criou um sistema, caso alguém tivesse baixado, para identificar a sua postagem e bloqueá-lo. O menino era um *expert*, conseguiu fazer um trabalho maravilhoso de sensor. O que não é muito fácil visto a velocidade de como as informações circulam no mundo virtual.

Para Zgrau, a internet tinha o fluxo e uma dinâmica que, se entendida, dava para, em racionalização cibernética, colocá-la no seu controle. Ele buscava isso, e já tinha desenvolvido algumas artimanhas.

Uma coisa que esse mundo dos *hackers* possibilita é o surgimento precoce do gênio, não era o caso de Zgrau, ele só era um *expert*, um habilidoso. Dizem que um *hacker* velho é um patrão chato, não tem mais a ousadia e o estro da juventude.

Ana Amarante e Vinícius pagaram a Zgrau, e disseram para ele ficar ligado, ir acompanhando o vídeo na internet, caso aparecesse nova postagem. Ele recebeu o dinheiro, deu um sorriso por detrás da sombra dos óculos e saiu. Outra coisa que ela fez foi correr atrás de Rafaela; ela tinha filmado com o celular, teria que apagar aquilo também, antes que a maluca postasse. Mandou Vinícius ir atrás dela, trazê-la de qualquer forma.

Ele foi, viu Rafaela no meio atônito de alunos. Eles observavam a ambulância, já indo com Andreia para o hospital. Chegou perto dela, segurou seu braço e disse: Rafa, venha comigo agora, Ana está lhe esperando. Ela, então, foi com Vinícius, e chegou logo à sala onde Ana Amarante se encontrava. aí está ela, prima. Falou Vinícius. ok. Articulou Ana assentindo com a cabeça e acrescentou em tom de ordem: me passa o seu celular. Rafaela lhe entregou, depois de certo empurrão de Vinícius. Ela olhou o celular, foi num aplicativo onde estava o vídeo e apagou. Depois ainda lhe disse. você não postou, não foi, Rafa? Rafaela, que não viu mais graça no que fizeram, lhe afirmou em tom de verdade: não. Ana olhou bem dentro dos seus olhos; sentiu que era verdade e fazendo um sinal com a mão lhe disse: pode ir.

Pronto. Ana tinha resolvido um dos problemas, mas ainda teria que enfrentar a diretora do colégio e tentar deixar seu pai afastado de tudo que estava rolando.

Ela pensava em algo para fazer Evanice ficar ao seu lado. Engabelá-la. Mas existe uma coisa de que nenhum educador gosta; ver o seu estabelecimento de ensino envolvido em fatos que possam trazer desprestígio. Por outro lado, tinha a questão da importância da família Amarante.

Um filho da elite soteropolitana pode cometer quase todos os impropérios. Mara, antropologicamente, chamava isso de resquícios históricos das atrocidades arroladas pelos poderes oficiais. Ela chamava também de soberbia descabida de uma elite em acúmulo de benefícios históricos.

O suor de outrem foi o mel de suas riquezas. Sintetizava assim, em tom de ironia, quando se via envolvida em discussão na universidade.

Ana Amarante continuava pensando, não conseguia ter nenhuma ideia boa para resolver a situação, perguntou para Vinícius o que eles deveriam fazer, mas pensar não era muito o seu forte. Uma de suas amigas apareceu, em tom de fofoca: Andreia já foi levada para o hospital, Ana. e eu com isso! Esbravejou, irritada. Ela só pensava em arranjar uma forma de se safar daquela história. Não tinha nenhuma preocupação com Andreia, ainda sentia a ressonância úmida do escarro, em explodir de ódio, que ela recebeu bem em seu rosto de Barbie.

Ana, de fato, tinha mais raiva de Andreia do que de Amira e Areta, e isso se encontra na própria natureza da relação das duas.

Andreia queria ser igual a ela. E isso para Ana era um impropério descabido. Mas Andreia tinha condições econômicas de frequentar os mesmos locais; ela tinha um pai europeu rico, que lhe deixava numa condição bem confortável na Bahia. E isso para Ana Amarante soava como ofensa; na verdade, ela aprendeu estas coisas com os seus pais. Para eles, a riqueza econômica no Brasil tinha uma cor bem definida: a branca. Tudo que fugisse dessa cor tinha que estar relacionado à miséria e à pobreza. E quando eles viram Andreia pela primeira vez, na ocasião em que Ana a havia levado para a sua casa, perceberam viu que ela fugia dessa lógica canônica e incrustrada na cabeça da elite brasileira. Sentiram-se incomodados, em uma espécie de desassossego atroz quase os enfartando; assim, fizeram Ana Amarante mandar Andreia embora, quase sem justificativa, mais pelo arroubo do surto do desassossego mesmo.

    Andreia não entendeu, pensou que os pais de Ana estavam ocupados com alguma coisa, contudo há algo no olhar que sempre fica, mas, como ela se sentia igual a eles, não percebeu.

    Ana Amarante, nesse dia, entendeu tudo, o conectivo dos costumes, das ideias, dos sentimentos entulhados no atroz humano lhe fora passado como uma herança. A ação fora exemplar. Assim, ela começou a sentir o desassossego também; não é algo a que se chega logo como um conceito. Primeiramente se manifesta no corpo, envenena os sentidos, veste os olhos com a lupa do preconceito, faz o espírito se encrostar na lama suja dos detritos e atraso humanos.

    Assim, quando ela bateu a porta se despedindo de Andreia, e voltou o olhar aos seus pais, compreendeu o que se passava. E respondeu a todas as perguntas capciosas que eles lhe fizeram, e depois que a sua mãe entendeu a história de Andreia falou, em fim de conversa, a seguinte frase: esses gringos agora estão deixando as pretas deles aqui com filho e dinheiro, deveriam levá-las para as terras deles. Disse isso e depois foi para o seu quarto a mãe Amarante, com aquele rosto corroído pelo preconceito racial, expressando facialmente o feio humano.

Um preto rico e com educação incomoda os brancos à brasileira tanto que eles chegam a perder o sono, passam semanas pensando, intranquilos e ansiosos por saber de onde saiu aquele dinheiro, de onde saiu esse preto que está ganhando prêmio internacional. Manu sempre falava dessas neuroses dos brancos à brasileira, sentia isso na pele, era o seu caso vivencial. Por isso que se enervava muitas vezes, e buscava conviver com os seus e expressar em sua arte esses fenômenos.

As microeuropas criadas por eles, dentro do próprio país, agora já podem ser frequentadas por pretos. A neurose é absurda e o traço da ignorância e do medo os deixa cada vez com mais ódio.

Ana foi influenciada por isso tudo de forma mais veemente nesse dia mesmo, em que levou Andreia à sua casa, devido à reação dos seus pais. O veneno a penetrou pela osmose familiar e foi ganhando corpo, formando-a de maneira natural. Na verdade, uma naturalidade desnaturada – dessas que compuseram muitos psicopatas e ditadores no mundo. Como também sujeitos vulgares que fazem da vida cotidiana um ringue de mediocridades, enlodo pútrido do nada.

Ana, nesse dia, antes de dormir, em olhar reflexivo para o teto, falou: é verdade... Andreia é muito diferente de mim, ainda tem aquela mãe dela. E ainda fica querendo ter o cabelo igual ao meu, pensa que não sei que o cabelo dela é aquele encaracolado duro. Ana aprendeu bem a lição em casa e, dois anos depois, isso descambou no que ocorreu com Andreia.

Ana, na escola, ainda não tinha achado uma ideia convincente que poderia isentá-la da culpa. Seu pai iria ficar muito estressado e, embora nenhum dos dois gostasse de Andreia, a repercussão disso poderia ser desastrosa para os negócios dele. O axé, para o pai dela, era o dinheiro que ele ganhava da cultura dos pretos.

Ana já tinha articulado tanta coisa nessa manhã, que a sua fonte de ideias parecia ter cessado. Olhava para Vinícius em busca de alguma solução, mas nada lhe vinha.

A escola estava muito movimentada, as aulas foram canceladas, muitos pais vinham buscar os seus filhos, saber o que houve. Ana estava com medo de que os seus pais viessem também. Mas ainda tinha a proteção de sua mãe, ela iria protegê-la de qualquer coisa. Assim, antes que a diretora lhe viesse falar algo, ela ligou para sua mãe, contou tudo em falso arfar de choro. Suzane Amarante falou para ela ficar calma: tudo seria resolvido. Perguntou sobre o vídeo. Ana lhe disse que já tinha conseguido tirar da rede. pronto, deixa agora que eu resolvo, você não vai se prejudicar por causa daquela menina. Disse Suzane, com a soberba e certeza de quem está acima de qualquer lei.

Assim, Suzane Amarante ligou para a diretora, que se pôs a lhe falar sobre o ocorrido. Suzane lhe disse que já sabia, que a sua filha estava abalada com tudo que estava ocorrendo e lamentava pela pobre menina. E acrescentou para Evanice Angelin, ainda, que o seu marido iria contribuir, com uma boa soma de dinheiro, para o fundo financeiro da escola; ele já estava querendo fazer isso, mas, agora, seria um momento ideal.

A diretora Evanice nunca perderia uma boa chance de sair lucrando em uma situação oportuna e falou: dona Suzane, fique tranquila, sua filha é uma ótima aluna, essas coisas são da idade, a outra menina teve um desses surtos adolescentes, foi o que ocasionou o acidente. A sua família faz parte da tradição do colégio, e estaremos sempre prontos para ajudar.

Suzane mandou Evanice tranquilizar a sua filha e o seu sobrinho e dizer que o motorista já estava a caminho para levar os dois para casa. A diretora, assim, mandou chamar os dois Amarante à sala da direção, para conversarem, até o motorista chegar.

Enquanto estava na sala, pensava naquele novo investimento que a escola iria receber, se sentiu alegre. Ao mesmo tempo, franziu as sobrancelhas descontente ao se lembrar do fato ocorrido com Andreia, bem na frente do colégio. Era algo extremamente absurdo. Depois entrou na página da escola onde o vídeo foi postado, mas não o viu mais. Refletiu: será que eles tiraram? tomara. Iria perguntar para Ana e Vinícius, pois, se esse vídeo se espalhasse pelas redes sociais, ia ter muitos problemas e acabaria tendo que gastar o dinheiro que iria receber dos Amarante, com advogados para salvar a escola das prerrogativas da lei, ou de uma exposição negativa na imprensa, a qual poderia vir a sofrer. Mas atropelamentos sempre ocorrem, teria que analisar os fatos para tudo sair bem para a escola, tanto quanto para a família Amarante. E lhe veio um pensamento, que, segundo ela, era cristão: tomara que corra tudo bem com Andreia.

Ana Amarante e Vinícius recebem o recado do zelador da escola para irem à sala da diretora. Ana falou para Vinícius: então, primo, vamos enfrentar, minha mãe já deve ter falado com ela, tudo deve estar tranquilo. Vinícius estava com medo e falou para a prima: tudo isso é culpa sua, foi ideia sua fazer aquilo com Andreia. Ana se irritou: deixe de besteira, o que está feito está feito, e foi você que fez, quem aparece na gravação é você, não sou eu. Então se acalme e vamos. Vai dar tudo certo. Vinícius olhou para ela: não sei como vai dar, pois o que fizemos foi a maior merda. Ana soltou um muxoxo: você não queria sacanear a menina, eu só ajudei. Fique tranquilo, minha mãe já resolveu. Vinícius andava de um lado para o outro, depois parou decidido em um canto a olhar Ana: se você diz que está tudo resolvido, vamos lá.

Os dois se observaram e caminharam em direção à sala da diretora, mas antes alguns alunos olharam-nos com um jeito de reprovação, porém ninguém se atrevia a falar nada. Vinícius caminhava seguro de si, mas, em um momento, se revoltou com o fitar de reprovação em cima dele: o que estão olhando? A culpa não é minha, ela que fez a merda.

Ana lhe puxou pelo braço para chegarem rápido à sala de Evanice. vamos nessa, primo, deixe de ser burro. Os dois iam conversando no caminho, ela tentava acalmar o seu parente nervoso. Andando ainda para a direção, recebeu a ligação de sua mãe, percebeu que estava, de fato, tudo sobre controle. Seu plano deu certo, as coisas seguiam do seu jeito. Sua mãe ainda lhe tinha dito que Godofredo não sabia de nada, mas que ele iria ficar sabendo em algum momento, para ela se preparar, mas que ela (a mãe) a ajudaria.

Entraram na sala de Evanice Angelin, ela pediu que eles se sentassem, olhou-os demoradamente: então, já falei com a sua mãe, Ana. Ela me falou que já está por dentro de tudo. Mas me diga uma coisa... Pra que vocês foram fazer isso? Ficaram loucos?

Os dois se olharam, como se perguntassem quem iria falar primeiro. Ana sabia que teria que tomar a dianteira, para seu primo não falar besteira. foi só uma brincadeira, a gente não imaginava que iria dar nisso tudo. Evanice olhava-os fixamente, colocou o fitar dos pedagogos tradicionalistas, e lhes perguntou: e o vídeo que vocês fizeram, cadê? Vinícius olhou para Ana de novo, como se tivesse dando o aval para ela falar: então, diretora, nós o apagamos da câmera, na qual ele foi gravado e já tiramos da net, pedimos para Zgrau bloqueá-lo; ninguém mais vai ter acesso.

Evanice fixou mais outra vez o seu olhar nos dois e indagou firmemente: vocês têm certeza disso!? Os dois primos se olharam de novo e falaram quase uníssonos: temos, sim, senhora. Evanice sentiu certo alívio, pois se esse vídeo não repercutisse, tudo ficaria mais fácil para ela; a escola sairia isenta de responsabilidade.

Mariá tinha uma frase bastante interessante para explicitar como as coisas ocorrem nesse país: o compadrio faz do criminoso um inocente. Esta síntese frasal aplica bem ao que ocorria na sala de Evanice.

Evanice falou para os dois saírem, disse que o motorista já estava chegando, que fossem para casa descansar, mas que nunca mais aprontassem uma dessas. Assim, continuou no seu prolixo sermão. a vida não é fácil, meninos, vocês são de uma família importante, não podem incorrer em rebeldia na escola, têm que manter uma postura. Agora, podem ir.

Ela precisava se ater a conselhos fúteis para se sentir instruindo pedagogicamente os dois.

Vinícius e Ana Amarante saíram da sala, foram esperar o motorista, que para a sua sorte já tinha chegado. Entraram no carro. Ana Amarante sorriu: não lhe disse que estava tudo certo, e não iria acontecer nada com a gente? Vinícius a olhou: é, você tinha razão, fiquei nervoso... Mas você sempre acerta.

Ana ia olhando a rua, enquanto o carro seguia em direção de sua casa, e lhe veio à mente a ideia de que Andreia teve o que merecia. Depois esqueceu tudo aquilo e lhe vieram as lembranças da Disney. Mas logo foi interrompida, pois um flanelinha pedia dinheiro ao motorista, que lhe deu umas moedas. Ela ficou pensando por que ele deu dinheiro ao menino, não deveria ter dado nada.

Seu celular, nessa hora, tocou, era a sua mãe perguntando se estava tudo bem com ela e Vinícius. Ela disse que sim. Estavam já a caminho de casa. Depois desligou o telefone.

Ana Amarante, em *flash*, se lembrou do olhar que Andreia lhe lançou, quando estava saindo da escola. Além do escarro, em sentimento de ódio e desprezo, que ela lhe deu. Sentiu em tudo aquilo algo poderoso, que estava escondido nela, se manifestando naquele momento. Ela não entendeu bem o que era aquilo, mas ficou com medo. Não era mais a menina a segui-la, surgiu ali outro ser, com sentimentos poderosos ribombando no peito ainda juvenil.

Ana Amarante sentiu um calafrio, pensando nisso tudo, algo havia lhe tocado profundamente também, mas agora estava louca para chegar em casa, na mansão que os seus pais tinham no corredor da Vitória. Viu que estava perto e olhou Vinícius a ouvir músicas no *walkman*, parecia já ter abstraído tudo. Ana agora via o carro entrando no condomínio onde morava, se sentiu feliz, foi para casa, mas não conseguiu esquecer, de maneira nenhuma, o olhar forte de Andreia, que expressava um sentimento poderoso.

16

O sono tomou Madrugada por completo, quando chegou à sua casa, após a conversa com Manu. O onírico se iniciou, como já visto, pelo elefante verde, indo atrás do gringo com a face suada de larva gelatinosa. Essa foi uma das partes surrealistas do seu sonho; existem sempre outras mais abissais. Alguns sonhos são intensificações da realidade, outros a sobrepujam em brumas, saídas do inconsciente mais profundo. Madrugada sempre pensou neste fenômeno como o conhecimento obscuro, mas que se encontra à vista de quem consegue mergulhar no abismo da existência, no interior oblíquo e assustador, onde os monstros se revelam ou se apresentam de forma mais humana. Já Manu dizia que sonhar é estar mais próximo dos deuses. Simples assim.

O elefante verde continuou correndo atrás do gringo. Ele corria, vertendo o seu suor à procura da máquina fotográfica, que queria aprisionar o corpo dos baianos, a qual o menino levou, em ação heroica, para proteger o espírito dos soteropolitanos.

O elefante seguiu perseguindo o gringo, criando uma sombra gigantesca em suas costas, engolindo-o por completo. Depois disso, Madrugada abriu os olhos, em entressonho, e voltou como se tivesse dado uma pausa onírica – a entrar de novo nas nuvens contorcidas do inconsciente.

Nesse momento, ele vê Amira e Areta com um colar muito bonito, de pedra de âmbar negro no pescoço, a qual chamou de Âmbar das Almas. Além disso, ele se viu refletido no espelho, com o corpo de um Preto Velho, que tinha um cabelo e uma barbicha bem branca a dizer para as meninas que via em sua volta várias máscaras brancas em frenético movimento circular: minhas pequenas, vocês possuem o colar de âmbar das almas; aí se reúnem passado, presente e futuro em um só movimento. A energia dos ancestres brilha como o sol a ofuscar os olhos da maldade – elas as protegerá de tudo.

O sol nas suas pedras de âmbar, como que surgido do buraco negro da existência, explodiu num brilhar de *big bang*, fazendo as máscaras brancas, em sua volta, virarem poeira cósmica.

Depois Madrugada viu outra menina, a terceira, que deveria ter idade semelhante às de Amira e Areta, mas não tinha o Âmbar das Almas, como colar no pescoço, a protegendo. Estava inerme às circunvoltas das máscaras, encolhida como um caracol, no canto de uma parede, querendo atravessá-la para entrar em outra dimensão. Todas as máscaras brancas monstruosamente riam dela, provocando-lhe temor. O riso tinha um gargalhar maldito de cinco séculos. As voltas que as máscaras lhe davam ficavam cada vez mais rápidas, formavam vultos velozes, envolvendo o corpo em caracol da menina.

Madrugada escutava o seu grito agônico a ressoar pelas eras, com um conteúdo de sofrimento e de libertação. Os risos iam ganhando um maior gargalhar, para alcançar a tonalidade do grito, porém não conseguiram. Em seguida, ele vê a menina se desenrolando da posição de caracol, se alteando, se alteando e ganhando uma ereção em postura altiva e olhar contornado em um ódio, advindo de um sofrimento, de uma agonia absurda. As máscaras brancas a diminuir a velocidade das suas voltas, até ficarem estáticas; afixadas no olhar da terceira menina, que ganhou uma expressão de um sentimento poderoso, fazendo as máscaras explodirem. meu espelho não reflete mais a máscara branca, otários. Disse ela gargalhando.

Madrugada vendo isso tudo e com o seu corpo de Preto Velho sorri, até o coração se extasiar em contente prazer. Depois ele escutou um altear de canto religioso, uma espécie desses belos cantos afro-barroco, entoados na igreja do Rosário dos Pretos – em dia de Bênção no Pelourinho. Aí, vê Manu dançando o Ijexá do ritmo da música, e dando pinceladas marcantes, pintando os seus *surealis* quadros. Depois me vê com um litro de vodca a beber e a dançar, jogando um jargão poético imperceptível no ar.

A ambientação do sonho é sempre elástica, pisa-se no chão como se voa, e voa-se como se se pisasse. É neste local que os poderes inexistentes na realidade objetiva se tornam proeminentes: voa-se, mergulha-se em alto-mar em segundos, vive-se em espaços os quais nunca se foram. Como o menino soteropolitano, que só tinha visto a neve pela televisão, mas que teve um sonho esquiando nela e sentido um frio, o qual ia passar a vida toda sem sentir de novo.

Manu também via o sonho como uma extensão do que não era possível viver no mundo real; são experiências que preenchem lacunas na mente. Ele sempre gostou mais do-irmão-do-mal-do-sonho – o pesadelo. Achava-o mais denso. As sensações são mais poderosas e vivas. Era o que ele pensava. De todo pesadelo que tinha saía um quadro fantástico quase que automaticamente. Pesadelo para Manu era igual à obra de arte na realidade.

Madrugada era dual onírico, conseguia sonhar e ter pesadelo ao mesmo tempo. Ele não gostava dos pesadelos, não o inspiravam para nada. Era recorrente ter um que o deixava meses sem escrever uma palavra, era assim: ele se encontrava no Pelourinho, perdia todos os membros no açoite, sobrava-lhe a cabeça com uma caneta pendurada em sua boca e um papel em branco no qual tentava, em movimento de prisão, rabiscar algum poema, porém não conseguia, e a sensação de martírio era muito grande, insuportável, a lhe fazer gritar exasperadamente e acordar suado, falando: que pesadelo de merda. Depois disso, perdia a vontade de escrever e até de dormir. Ele tinha, mais ou menos, uma vez no ano, esse tipo de pesadelo; normalmente, em seu final, achava que era para expurgar os monstros escondidos no inconsciente.

Madrugada, nesse momento, observava de novo a menina com o olhar a explodir as pálidas cabeças. Depois viu surgindo outro quadro, onde ele já – com o seu corpo normal – começava a ouvir, em tons de aumento, bem no fundo de um túnel, uma voz feminina lhe chamar: Rodrigo, Rodrigo Madrugada. Ele ia se aproximando, chegando perto da voz, de maneira que via Rosa. Musa derradeira. Estava muito bonita, como no tempo em que a conheceu, e se apaixonou já a perdendo, devido aos outros casos – a lógica do harém. Ela estava composta com um vestido azul, desses que as mulheres vestem para ir ao evento mais sublime das suas vidas: os braços e as costas nuas, com o crespo em formato *black*, brincos em estética africana, colar de Âmbar das Almas e um olhar sensual, com profundeza poética.

Todos os sentimentos – que Madrugada sentiu por ela – voltaram à tona. Sensações grandiosas. Talvez mais fortes do que as da época em que sentia chamego por Rosa. O coração começou a rimbombar em toadas de grande sentimento. Buscou se aproximar mais, queria tocá-la. Rosa continuava com o mesmo jeito, embutida em expressões sensuais e poéticas, franziu o rosto e lhe falou: eu sou a sua obra de arte, o todo que você perdeu e tenta achar na poesia.

Madrugada ficou atônito, sinestésico de uma maneira muito particular. O sentimento de perda e o desejo de ter o deixavam com uma sede vulcânica. Rosa, aí, foi entrando no profundo escuro do túnel. Antes deixou um beijo que lhe apertou o peito, e sumiu nas brumas da escuridão. Um vazio profundo o arrebatou e depois viu Amira, Areta e a terceira menina o olharem com torto bico feminino. Em seguida, ele abriu o olho e, em entressonho, o fechou de novo, voltando para o onírico profundo das suas manifestações interiores.

Assim, escutou o som de uma palmatória e um chorar de meninos e gritos horripilantes da boca de dez mil ditadores. Era o absurdo das feiuras humanas se manifestando de forma pungente, atrás de uma porta branca. Madrugada se aproxima, encosta o seu ouvido para escutar o que estava ocorrendo. Para. Fica em silêncio. A palmatória sessou e os gritos dos ditadores também. Um silêncio absurdo se assomou no ambiente. Amira, Areta e a terceira menina colaram os seus ouvidos na porta também para ouvir o que estava ocorrendo. Não ouviram nada, mas ficaram a esperar. Sentiram um arfar de respiração no outro lado da porta, as meninas se amedrontaram e se desgrudaram dela. Madrugada continuou, já tinha ouvido aqueles choros e gritos em algum outro momento, eram familiares. As palmatórias recomeçaram de novo, os gritos se tornaram uma conjunção neurótica das ignomínias humanas. Madrugada teve medo, se encolheu, mas, em um avultar de coragem, abriu a porta. Aí, viu uma sala toda branca: havia um projetor jogando o vídeo de ditadores com fardas militares, homens com rostos de cães pálidos, com mandíbulas metálicas, a esbravejarem impropérios para duas crianças negras, em altear de palmatória. Além disso, havia uma criança caucasiana, sentada numa cadeira com os olhos aficionados no vídeo, arregalados, batendo palma em risos, como se estivesse vendo o melhor espetáculo da terra, em deleite de psicopata mirim.

Madrugada ficou assistindo àquela cena, sentiu um horror a lhe tomar por completo, em um arrepio secular. que porra é essa! Explanou. E o menino continuava a bater palma. Madrugada se fixou nas imagens projetadas, viu as mandíbulas monstruosas dos ditadores a baterem em loucos xingamentos, as duas crianças a babarem com as suas salivas ácidas. que porra é essa? Era tudo muito real, os sonhos e os pesadelos fazem viver realidades. Ocorre isso mesmo. Experiências abstratas podem ser fatos também.

Ele continuava a observar a cena, o menino só fazia bater palma e rir, estava sentado com as pernas cruzadas, tinha um riso tresloucado, desses de crianças de filme de terror. Madrugada olhava os dois meninos nas imagens projetadas na parede, eles olharam para ele fixamente e falaram em arfar de desespero: me ajuda! Me ajuda! Os ditadores os observaram com as suas mandíbulas do inferno também e começaram a gargalhar imperiosamente, era o mesmo expandir de boca do menino. Eram uníssonos. Madrugada pensava: isso deve ser alguma alegoria maldita do que seja o racismo.

Ele tinha vontade de sair desse lugar; mas parecia preso, pés fincados no chão gélido como raiz. O menino caucasiano ria e mexia o seu corpo para a frente e para trás, fazia dele um balanço de criança.

Madrugada via os homens fardados e a cada olhada eles ficavam mais monstruosos, a alçar a palmatória e a derreá-la, em golpe, na mão dos meninos. Eles batiam e sucessivamente falavam para o poeta da alta noite: isso não é racismo, isso não é racismo, isso não é racismo!!!! E explodiam em milhões de gargalhadas. Estas frases ficaram, também, circulando, como um letreiro projetado no quarto, em movimentação frenética.

Ele estava atônito, estático, e as frases passavam, atravessando o seu corpo, como um raio a queimar a sua pele e perfurar os seus órgãos internos. Madrugada tinha entrado na sala dos horrores, era o que pensava.

As sensações vivenciadas eram muito fortes na sala. A forma como ele era afetado, pela cena, o fazia fremir de raiva, o que o fez se mover, a olhar mais de perto o menino. Seus passos iam lentos: pareciam ter o peso dos séculos; à medida que se aproximava, mais nitidamente via o menino caucasiano se balançar mais rápido, e o movimento ia ganhando mais velocidade a cada aproximação. Os ditadores gritavam com um rosnar primário: não chegue perto dele, não chegue perto dele. As frases foram lhe acertando com mais frequência e fervor, atravessando-o de todos os lados. Mas Madrugada era persistente, os meninos que estavam sendo torturados na imagem olharam de novo para Madrugada: me salva. Ele ia se aproximando do caucasiano; os ditadores, com as suas mandíbulas de cães, pareciam agora sofrer de raiva, a espumar o fel absurdo das suas ações: não chegue perto dele!!! Não chegue perto dele!!! Madrugada os ignorava. Pensava: ninguém diz a um poeta o que pode ou não pode fazer. Continuou caminhando em direção ao menino. A velocidade com que ele se movimentava agora parece anímica. Os ditadores continuavam rosnando em suas babas de cães raivosos. Madrugada tinha todos os olhares fitos em si agora. E o peso dos séculos não deixava caminhar mais rápido. que porra é essa? Indagava-se de novo. Agora ele vê um monte de crianças brancas, com fardas de escola, entrando por uma parede do quarto e atravessando outra, a lhe dizer em som de vozes comungadas: isso não é racismo. E sumiu gargalhando também. Escutou o som da palmatória de novo. Continuava se aproximando e parecia que já fazia isso havia uns três séculos, em passos e aflições naquele curto espaço da sala. Era uma sala que tinha o cheiro agônico das atrocidades humanas, e estar nela fazia a mente ficar num comichão sôfrego de desassossego. Ele se sentia assim, intumescido dessas sensações, que lhe iam aureolando enquanto caminhava em direção à criança, que não parava de se balançar e de rir. Era um tresloucar de vivência. Agora, os ditadores, com as suas mandíbulas metálicas, estão em silêncio, olhando para ele – era um olhar fixo com um sorriso babão. Um deles se incomodou com a baba, e para cessá-la colocou a máscara de folha de flandres, a ficar mais horripilante. Madrugada ficou olhando para ele, que ficava rindo, um riso abafado pela máscara bizarra, a escorrer a sua saliva infectada pelo vírus da raiva. Depois eles começaram a gritar de novo para os meninos, e flutuavam projetados pelo quarto. Pararam bem na frente de Madrugada, e um deles lhe lambeu o rosto com uma baba gelada dos invernos. Ele buscou se limpar o mais rápido possível, procurou esmurrar os ditadores e gritou: malditos! Os meninos buscavam estender as suas mãos para que ele os salvasse, mas ele não conseguia, a imagem fugia para outro local da sala. Madrugada continuava gritando, limpando aquela baba maldita do seu rosto, poderia infectar-se com os horrores que formavam aquelas criaturas.

Em seguida, continuou indo em direção ao menino caucasiano, já deixara o peso de alguns séculos para trás, estava mais leve, mais próximo. Colocou a mão no ouvido para não ouvir as gargalhadas, retirou-as, e riu também. Aí, o balançar do menino começou a diminuir: a velocidade ia se tornando menor, ficando lenta, até o ponto de parar. O menino olhou para Madrugada, com os olhos azuis em chamas, e lhe disse, com um silábico surrealista: por que você está rindo, negro? Os ditadores se calaram a ouvir a sua risada e depois perguntaram também: por que você está rindo, negro? Madrugada continuava a rir, o menino começou a se balançar de novo em agonia, os ditadores continuavam a fazer a mesma pergunta. Depois ele parou. Nesse instante, um silêncio absoluto tomou o recinto: um desses que gritava em sua pausa hedionda, carregado de densidades, parecia anteceder as ações que viriam em explosão de um sentimento poderoso. Era um silêncio que tinha peso, a apertar o cérebro, e acelerar o coração, a fazer a respiração ficar mais ofegante, em arfar de pingos d'água, que escorriam por folhas orvalhadas, caindo ao chão do desespero. O menino caucasiano rompeu o silêncio, começou a rir, depois os ditadores, em seguida, Madrugada. O menino lhe perguntou de novo a mesma coisa, em olhar de fogo: por que está rindo, negro? Os ditadores também perguntavam. E ele continuava a rir. Isso foi se repetindo, muitas vezes. Madrugada tinha a sensação de durar eras, era algo cíclico ao infinito. Depois vinha o silêncio, a pausa secular e desesperadora que se apossava daquela sala aterrorizadora. Parecia não haver tempo; na verdade, só existia o tempo daquelas ações que se iam sucedendo, se sucedendo como uma maldição. Madrugada vivia tudo isso, e se percebia nessa vivência maluca, nesse cíclico tempo sem intervalos regulares, seguia sempre, e não sabia um jeito de acabar com tudo que estava ocorrendo com ele, vivia uma dinâmica muito estranha e sensações muito densas, que lhe afetavam de forma demasiada.

      Ele resolveu rasgar o tempo com um grito, o qual correu todas as eras. As ações assim voltaram a ser as construtoras do tempo. Não estava mais à mercê desse Deus poderoso. Buscou segurar as suas rédeas e viu o olho do menino caucasiano, continuando a arder em fogo. Incandescência maldita dos pesadelos. A projeção continuava a circular na sala igual a um fantasma louco. Tresloucado. Mas Madrugada sabia... Tinha que chegar perto do menino. Era a chave para aquele mistério. Precisava findar essa maldita vivência dos desesperos. Aí vai chegando mais perto, os ditadores gritam: deixe ele, seu maldito. Os meninos, que antes tinham tomado os bolos de palmatória, sorriem imperiosamente. Os ditadores babavam e gritavam em frenético desespero. Malditos. O caucasiano começou a se balançar de novo, e batia palma ao mesmo tempo. Sincronismo esquisito. Uma espécie de descompasso sincrônico e crescente em movimento. Os garotos continuavam a rir na imagem projetada, os ditadores sofriam com a aproximação de Madrugada, passo a passo, em direção ao menino. não chegue perto dele. Eles falavam, batendo as suas mandíbulas, a fazer um som metálico, horripilante. Os garotos olhavam para eles e continuavam a rir. Era um riso sincero, viam os seus algozes em desespero. Os miseráveis. não chegue perto dele. Gritavam, parecendo animal preso, só podendo ver o desenrolar da sua derrota. Madrugada via o seu desespero e ganhava mais força para chegar perto do menino a se balançar animicamente. que porra é essa. Pensava. No caminhar ia deixando o peso de mais séculos para trás, ia leve observar aquele menino, que se divertia rindo e batendo palma do desespero alheio, queria vê-lo com o seu azul de fogo nos olhos, transparecendo os sentimentos mais funestos, que poderiam sair da retina de algum humano, queria ouvir a sua voz, o seu silábico desvairado. Entender como se estendiam os lábios dos seus risos atrozes. Há criaturas que só as entendemos tocando-as, era assim que Madrugada via, se relacionava com o que o circundava – de forma tátil. Sim. Mas como poeta sua sensibilidade tátil é mais aguçada, pois, além de ele precisar tocar nas pessoas e nos objetos concretos para extrair o conhecimento deles (como ele está tentando fazer com o menino caucasiano), ele buscava tocar a lua, o crepúsculo, o sol, o inatingível tátil, para ele, era alcançável por meio de sua poesia.

 Assim ele continuava andando, já estava bem próximo do menino. A projeção permanecia circundando a sala como um fantasma tresloucado. não chegue perto dele. Gritavam os ditadores. Madrugada ria. é... vamos acabar com isso. A densidade das ações o deixava muito aflito e curioso. Os meninos, que estavam na projeção, já vendo o poeta da alta noite próximo, lhe disseram, com toda firmeza de salvação: aperte o botão. Não entendeu o que isso significava, mas, já atrás das costas do menino, ele o vê com um controle. Os meninos projetados, deslizando pela parede do quarto, lhes falaram de novo com aflição: aperte o botão. Os ditadores vertiam, em xingamento, as suas babas de raiva: deixe-nos em paz, seu maldito. Madrugada olhou para eles: calem a boca, seus cães. Depois tomou a frente do menino, que estava se balançando, em velocidade monstruosa e epiléptica, viu que estava segurando com toda a sua força o controle remoto, observou os seus olhos azuis: ardiam, dentro de sua menina dos olhos, milhões de almas nórdicas. deixe ele. aperte o botão. Estavam no frenesi, tanto os meninos quanto os ditadores. Madrugada segurou o ombro do menino, o fez parar o seu balançar frenético, tomou o controle remoto, não sem dificuldade, pois ele o segurava com a força de um Hércules, mas nada que fosse páreo ao axé de Ogum, que pulsava no sangue de Madrugada. Ele olhou para o controle, viu um botão vermelho, observou a projeção que parou de deslizar pelas paredes como fantasma, olhou para os ditadores, para o menino caucasiano, e riu junto com os outros meninos projetados, apertou o botão e acordou. Olhou o relógio e viu que tinha tirado um cochilo de meia hora.

17

Uma escuridão plácida se assomou de Andreia, depois da batida com o carro, era uma madrugada extremamente azeviche – sem a luz do luar. Ela parecia se espraiar até o horizonte infinito. Pontos pontilhados sem fim. Reticências costuradas pelos deuses. Era como se o melhor sono a envolvesse com o seu manto de tranquilidade. Sonífera sensação de prazer e descanso. Mas existia certa agonia. O para sempre. A alegria de um estado é a sabença da sua mudança para o outro. A permanência pode enfadar e descambar no mar das agonias. Medo. Mas ela estava com as pálpebras fechadas; mesmo se as abrisse, não enxergaria nada. Era a mesma coisa de estar no quarto bem escuro, onde não entra frecha de luz nenhuma. Na absoluta escuridão. Onde estar com o olho aberto ou fechado dá na mesma coisa. A luz nesse sentido seria o desconforto, iria irritar as suas retinas. Seria o desassossego. A placidez era a escuridão. Andreia estava vestida por ela, inerme e protegida. Os pensamentos estavam paralisados no conforto do negrume. Nenhuma imagem lhe vinha. Não via nenhuma, estava numa espécie de vácuo absoluto. Não existia razão. Quando alguma pessoa desmaia, busca-se recobrar a razão fazendo-a acordar; no caso dela, era um desmaio estendido a um avistar longínquo. Parecia não haver razão para recobrar. Era assim. Andreia caminhava em sombras, mas eram as sombras essenciais, tipo aquelas que nos refrescam no sol muito quente – o último refúgio do calor absoluto. Andava sobre elas; na verdade, era carregada e se sentia bem, elas lhe davam conforto, estendia a sua existência na sua consoladora placidez. Tirava-lhe a razão das coisas, estava livre, inerme à tranquilidade que elas lhe traziam. Encontrava-se no sossego. A ausência de sentidos a deixava assim, não que isso fosse uma posição ruim, fora do campo dos sentidos e dos sentimentos, ou de uma abstração intelectual angustiante – não existe sofrimento. Andreia estava dessa forma. Nesse universo inerte e seguro. Abrir os olhos, ou deixá-los fechados dava no mesmo. Andreia estava mergulhada no mar da escuridão absoluta. Estava no ambiente perfeito para o espírito descansar nas redes do infinito tranquilo. Mas tinha um respirar, que dava uma boa sensação de vida. Ao mesmo tempo era um tanto assombroso. As sombras continuavam levando-a, davam-lhe o mimo do conforto do seu sono-sem-sonho. O escuro no qual Andreia repousava a sua existência não era obscuro. De fato, era só uma profunda e consoladora escuridão. O contorno de toda a sua existência se encontrava em volta dela. Os fatores externos não mais existiam. Talvez só como um pingo morto de luz que quisesse renascer, mas não renascia. No entanto, o respirar em arfar miúdo continuava. Tinha um ritmo, quase em contraponto com a escuridão. Movia as sombras com o seu vento-ar saído de algum nada atemporal. Parecia querer formar alguma música. Não formou nenhuma, não cabia. Nem poderia impor-se nesse reino, de sono estendido. De jeito nenhum. A ausência de todos os sentidos, das interligações intelectivas, do fluxo normativo das desventuras e aventuras deixava o seu espírito no regozijo do descanso. Andreia tinha uma sensação de pausa infinita. Nada depois dali haveria, nem a solidão, talvez a sua intensificação. Por aí ia tudo. Mas havia uma coisa: essa não era a melhor escuridão, não tem aroma, cheiro. Existem essas as quais as sombras estavam levando, carregando Andreia, para colocá-la em seu seio aconchegante. A melhor que existe é a escuridão de mata escura. As sombras as colocaram no seu cerne, deixaram que ela mergulhasse na profundeza da sua beleza, depois a deitaram sobre uma folha, era essa a sua sensação de leveza absoluta, no escuro com aroma, arrisca-se dizer que tinha sabor, parecia ser um traço de um ambiente ancestral. Tudo fazia supor isso. Era uma placidez mais elástica e suave. Sim. Uma suavidade que imperava de corpo inteiro. Deixando-a em sereno conforto. A escuridão dos aromas e dos sabores que não precisavam ser degustados para serem sentidos. Essa escuridão parecia esconder por trás do seu breu todo um universo cheio de vida. Andreia começou a se sentir, a inércia da outra escuridão já não a consolava, ela queria aquela com aroma, a que escondia para além da sua beleza uma outra beleza. Estava deitada em seu seio, e as faculdades, que estavam inermes no outro escuro, começaram a reacender os sentidos e o intelecto, mas o conforto do mar escuro e plácido ainda era mais forte e necessário, recobrar a razão lhe poderia trazer erupções de agonia.

 A escuridão da mata escura tinha o perfume, um ancestre perfume, que cobria como um lençol campestre a menina Andreia. Os vultos dos objetos por trás da penumbra pareciam querer se fazer vistos. Assim, ela vai abrindo os olhos e percebe que uma incômoda luz começava a trazer cores para as coisas, que a envolviam. Um verde da mata começou a aparecer. Uma explosão de cores surgia a sua volta, era extremamente incômodo reter tudo aquilo nas suas vistas.

A escuridão tinha o conforto, envolvia os seus olhos no descanso; de repente, começaram a estourar frechas de luzes, como um raio, a colorir as coisas que estavam na penumbra segura da existência. Ela não queria aquilo, mas assim ia-se tudo. Inevitavelmente. Era a sua miséria descabida ver os seus olhos tomando ciência de tudo, agregando tudo aquilo de milésimos de segundo a milésimos de segundo. Era o desconforto, não tinha o que fazer. Foi assim que ela se percebeu dentro da mata, e no horizonte existia um mocambo. Sim. Uma casa de quilombo. Toda revestida, coberta de plantas, que cheiravam a alecrim, havia muitos a embelezar o nobre recinto. Era bastante grande, e de dentro saía levemente um som de atabaque, toques suaves e consoladores. Andreia, que estava absorta nas cores, se sentiu extremamente seduzida pelo cheiro da casa e pela música que ouvia saindo dela. Tinha que ir ver, parecia que o segredo, o mistério da sua existência estava dentro daquele mocambo misterioso. Assim, via as últimas brechas da escuridão sumirem, as sombras desaparecerem e foi andando, seguindo o cheiro de alecrim e o entoar da música. A mata mostrava toda a sua exuberância grandiosa, Andreia seguia se sentindo tão pequena. Ela olhou para um canarinho, ele lhe disse: siga a música. Depois um bem-te-vi: vá pelos aromas. Observou também uma coruja – ser que mais entende sobre o conforto da escuridão – ela estava ainda em cima de uma brecha, onde a luz não tinha batido, e falou para Andreia: não siga nada disso, vamos para outro lado, lá está a verdadeira sabedoria, o conforto, a placidez para a consciência. Andreia parou; a ouviu, mas era irresistível o cheiro de alecrim, e o entoar saído do mocambo. Depois, ainda ouviu uma voz: um canto lírico junto com o tambor de uma voz, que lhe parecia familiar. Teria que ver isso: ali se encontrava algum segredo, a chave para algo maior. O verde soberbo a tomava ainda, o mocambo estava no horizonte. Próximo só o cheiro; depois, a música que chegava aos seus ouvidos. Ela tivera o conforto da escuridão, agora envolta da soberbia das cores, que já se acoplavam harmônicas aos seus olhos. Não os feriam mais. Mas ela desejava o que o horizonte lhe reservava. O mocambo, o cheiro, a música, a voz saída do seu interior, era um solfejar das deusas, era uma voz feminina, já bem experiente, canto de matriarca que já sabe todos os cantos onde os saberes estavam. Um evento brando e musical ia lhe trazendo o solfejo, e também trazia o seu próprio solfejar. A natureza falava pelo vento. Ele é a sua voz. O que vai ao movimento das folhas transmitindo saber. O vento assim solfejou muito afinado no ouvido de Andreia: lá é Aruanda, aqui também é, lá é o mocambo de todos os mocambos. Vai andando, menina, vai andando. Depois, de dentro de uma moita, Andreia vê um jaguar imponente, aparecendo do seu interior: a terra onde se originou o filho, o filho volta. Lá é o mocambo, o palácio. Peça licença, e apanhe a bênção. Ela seguia, cortando gigantescas árvores, com copas que mais pareciam uma coroa imponente da natureza – o belo a rodeava de todos os lados. Seus passos continuavam firmes: o mocambo ia ficando mais próximo, a música cada vez mais audível, o cheiro da casa já parecia perfumá-la. Andreia precisa entender. Ver o que expressava tanta beleza, o que fazia o seu coração ficar em estado de tanto consolo. Ela enxergava também flores se abrindo, depois viu que a voz já não entoava o canto – era o tambor que se tornava soberano. O toque era no mesmo ritmo do seu coração, era o mesmo entoar, o que fazia o seu corpo seguir, com toda a melodia dos seus passos pela mata, que lhe tinha dado uma bela escuridão, e agora a levava para apreciar o desconhecido, o qual parecia guardar o tesouro da sua vida. Por isso continuava, era inevitável. Aruanda.

O vento lhe soprou de novo. Ela seguia e tinha a impressão de que estava coberta por várias coroas, as copas das árvores eram muitas coroas que a natureza deixara sobre a sua cabeça. O mocambo já está completo nas suas meninas dos olhos, formado como um todo ao seu redor. Edificado em seu corpo. Tinha uma porta aberta, dessas que parecia que nunca estiveram fechadas. Andreia, primeiro, ficou olhando, viu a suntuosidade da casa, sentiu o seu aroma perfeito. Ela possuía uma harmonia, não dessas de partes iguais, mas a harmonia do todo essencial. O que se acoplava bem aos olhos, o belo que detinha os segredos da vida negra. Andreia ficou com certo receio de observar o seu interior, e, no primeiro olhar, viu alguns tronos que brilhavam. Depois observou uns passos que vinham do interior do recinto ao seu encontro; passos calmos, de anciã, que iam chegando lentamente à porta do mocambo para vê-la. Ela ficou esperando bem na frente. Ansiosa. Ouvia o arrastar dos passos mais próximos, o som do seu pisar ao chão, seu coração ficava um tanto extasiado com tudo. Não sabia o que iria ver, a casa lhe trazia uma sensação de paz, e de deleite estético pela beleza, e a vida – existente em seu interior – estava vindo em sua direção, e teria algum segredo para lhe revelar, um tesouro ou mistério da sua existência, estava ali tudo o que Andreia precisava saber. Assim, os passos foram tomando a forma de uma preta velha com vestimenta de anciã africana, que tinha o nome de Joaquina, a sua avó, mas essa alcunha já não lhe nomeava, pois era chamada pela sua dijina, Busara. entre, minha neta, entre. Falou Busara, com o olhar brando e cheio de sabedoria. Andreia não entendia o que estava acontecendo, mas se sentiu feliz ao ver o rosto de sua avó. Correu ao seu encontro, lhe pediu a bênção e lhe deu um abraço muito forte, desses que colam o espírito. Ela realmente sentia o corpo-espírito de sua avó, de sua ancestre, e nesse abraço já iam transparecendo os saberes de Busara. A transposição do conhecimento não é só transmitida pelas falas, ou conceitos e histórias, os atos de carinho transpõem muita sabedoria. Andreia achou-a tão bonita. Ficou estupefata pela elegância da sua avó. Busara a olhou placidamente e falou: entre, minha filha, todos estão à sua espera. Ela entrou, viu homens e mulheres negras de pele tão reluzente, que conseguia se ver refletida em seus belos corpos. Era um barracão, uma inzo bastante grande. Os tambores rufavam numa harmonia rítmica, um compassado brando, que trazia muita tranquilidade à alma. Os atabaques pareciam explanar frases. Andreia ainda não conseguia entender, só as sentia. Sua avó a levava de mãos dadas, passando pelo meio do círculo formado até os tronos, onde ela viu suntuosas mulheres e homens sentados – formavam um panteão. Andreia se deitou aos seus pés sem mesmo Busara lhe mandar, pedindo-lhes a bênção. Recebeu-a com um único gesto de todos os deuses que se encontravam. Sentiu-se feliz, agregando às suas vistas esses seres fantásticos: eles comungam, em si, todo o passado, o presente e o futuro; tudo era um só tempo para eles, onde transitavam todo o poder e beleza dos seus reinos.

Andreia se levantou junto com a sua avó, que a deixou, indo dançar na roda, ela olhou para todos os deuses, eles estavam em sua frente, viu em seus olhos vários mundos e tempos, observava a majestade de seus movimentos, que tinham muito de transposição de existência, que tinham muito da transposição de sua vida, do que ela não entendia. Assim eles a chamaram em uníssona voz. Não usaram o seu nome: Andreia. Porém, ela entendeu que a forma como eles a chamaram era a sua verdadeira nomeação: Aina. Ela repetiu para si: Aina... Sua avó se voltou, falou: significa nascimento difícil, como foi o seu, mas agora eles a estão preparando para renascer, renascer para o que de verdade você é, minha neta. Andreia ficou atônita, mas logo entendeu. Aruanda não era um lugar de dúvida, a existência era límpida como as águas de um riacho, transparente, a refletir, no seu líquido espelho, a verdade. Os tambores tocaram mais alto, e uma música em homenagem a Aina começou a ser cantada. Andreia dançou, se sentiu feliz, estava irradiada por toda a energia que a circundava. Uma felicidade extrema arrebatava todo o seu espírito, em sensação de leveza nos giros da dança. Os deuses estavam em posição de imponência, emanavam força e beleza. Dizem que a conjunção dessas faculdades humanas faz o grande ser. Aina... Ela repetiu de novo para si, os tambores entoam para a sua existência. Os deuses precisavam fazê-la renascer, e enxergar um outro mundo. Ela tinha nascido num mundo que a odiava, agora iria renascer para o seu universo, já tomara um banho de escuridão, de sua sabedoria em negrume de história ancestral. Agora via o poder dos seus deuses, a beleza dos seus movimentos majestosos e elegantes, das cores que a natureza lhe dava a penetrar nos olhos com toda a sua pujança lírica.

No barracão, Aina se sentia mais do que em casa, estava na raiz anímica da sua existência, os entrelaços de toda a sua vida começavam ali, com aqueles seres ancestres. Eles faziam parte dela, como ela era parte deles, nunca poderia esquecer e se afastar disso. Quem foge fica com o espírito solto, flutuando a esmo, sem chão para poder assentar. Os deuses estavam entrelaçando Aina de novo em sua raiz, fazendo-a perceber o chão do seu viver, para fazê-la renascer para uma nova existência. Tudo ia ocorrendo naturalmente, o espírito de Andreia se fortalecia, agregava a energia, o axé necessário para a constituição de uma vida grande após o seu renascer para o novo mundo, que ia se apresentar para ela. Os seus olhos enxergariam a realidade de uma maneira nova. Ela sentia todo esse estado anímico (em que se encontrava) em sua plenitude: a sua beleza, os seus aspectos consoladores. Era isso que ocorria.

O espírito, para ser sentido em sua plenitude, é necessário estar no profundo do seu estado anímico. É assim que ocorre. É a partir de um mergulho grande que se consegue isso. Os espíritos ancestres a recolheram em seu berço de magnitude para fazê-la renascer. Andreia não iria mais existir, seria o passado, cujos olhos estavam com uma lupa míope e descolorida ao ver os objetos da realidade, tanto quanto a sua própria vida.

Aina acordaria em Andreia; na verdade, a acordaria, por isso que estava dançando no barracão, a dança como um ritual do novo, como uma graça que cabe em molejo certeiro na vida. Os cantos eram entoados, as palmas e a percussão ribombavam, em confluência, o cheiro de alecrim era cada vez mais suave; aroma envolto de leveza para o espírito.

A coruja pousou em cima de um cipó de araçá, que estava preso numa parede, o que lhe serviu como um confortável assento, além de estar com certa penumbra, disse: Aina fez a escolha certa, mas se lembre de que as dores sempre irão existir. A sua avó interveio no diálogo: mas agora estará no caminho certo, no laço ancestral, minha neta, e terá bons amigos quando voltar.

Aina olhava para os deuses, bem fito nas suas expressões, encontrava conforto, pressentia que iria dar tudo certo. Depois pressentiu uma sensação de dor, um lacrimejar desesperado. Lembrou-se de sua mãe, poderia ser alguma lágrima dela arrolada em sua face. Olhou de novo para toda a magnitude do panteão de deuses que estavam em sua frente. Eles lhes lançaram um olhar plácido. Ela via em seus olhos todo um mundo de saber que não era possível alcançar, viu que o seu tempo ali estava acabando, que teria que voltar. Assim, pediu a bênção aos deuses, a todos os ancestres da casa. Busara pegou em sua mão, levou-a até a porta e disse que ela já estava pronta para fazer o caminho de volta. Aina pediu a bênção à sua avó, que a abençoou. A coruja voou para o seu ombro e foram as duas, em sua aventura, de volta para a plácida escuridão. Viram tudo, que estava cheio de cores, se ocultar atrás das sombras que cresciam, que iam tomando a mata, e os bichos que estavam nela. Aina observou de novo a copa das árvores, que se assemelhavam muito com uma majestosa coroa, mas que também ia sendo engolida pela escuridão, que crescia em suas costas, se assomava por tudo para formar o seio do seu sono. A coruja seguia em seu ombro, propalando eruditamente filosofias notívagas: a noite são milhões de sombras a cobrir o dia, sabia disso? Perguntava para Aina, que agora era carregada por algumas sombras a mergulhar na placidez da escuridão, na sua segurança. No seu sossego. A penumbra arrefeceu a razão. Deitou o espírito em seu mar de tranquilidade. Aina era, assim, arrebatada de novo para o escuro abissal, para descansar a existência, mas que, na verdade, era uma viagem de volta para o plano humano nefasto, onde as atrocidades possuem mais fama do que a solidariedade, a ignomínia é uma gangrena usual e justificada para se cometerem as piores crueldades. O plano onde o amor é só uma palavra utilizada em frases de efeitos por vulgares, mas a qual os poetas não mais utilizam, pois o seu efeito prático na realidade se tornou inútil. O plano onde o ódio é o assombro terrível da realidade, a criar as selvagerias típicas das civilizações ocidentais.

Por isso que Aina mergulhou de novo na escuridão, sentiu a sua totalidade, sua beleza a cobrir a pele com o seu tecido azeviche. Sua inalienável frescura; berço para a construção de um novo horizonte, portal para se construir, na vigília, um agir inovador, diante das intempéries comuns encontradas no mundo. Andreia já estava ali, envolta dessa escuridão poética, para renascer Aina, um ser grande, com todos os laços afetivos interligados com os seus ancestres, com a sua história original.

Assim, nessa escuridão plácida, ela começou a ouvir a voz de sua mãe, pedindo que ela voltasse, para não deixá-la sozinha nesse mundo. Escutou também as vozes de Amira e Areta, teria que voltar; sair do conforto, do escuro existencial, abrir os olhos para a luz da realidade que, muitas vezes, fere os olhos. No entanto, a escuridão era afago de uma noite bonita – o espírito confortável em plumas negras. Como deixar esse estado? Aina aí escutou o choro de Fernanda desesperada: volta, minha filha, volta. Não poderia cair na eternidade desse estado. Também as vozes de Amira e Areta lhe deram uma segurança de um novo lugar. Já tinha a bênção dos deuses e de sua avó, estava feita de novo, precisava só acordar e enfrentar as luzes, as cores que constroem a realidade. Era isso que precisava fazer. A sua mãe continuava lhe chamando. E o chamado de mãe tem muita força; são os deuses gritando, dando a ordem através da sua progenitora. Aina começou a ver o calor da luz do quarto branco muito forte a lhe empertigar as retinas, as pálpebras começaram a se mexer. Os deuses a mandaram de volta, não iria decepcioná-los. Já não era Andreia, seu nome agora é Aina. Sua avó quando estava viva já lhe chamava assim, porém Fernanda nunca gostou, mas agora ela sabia quem era de verdade. Foi enfrentando as luzes com coragem, viu o quadrado branco do quarto do hospital, o branco absoluto trazia certo desconforto, as pessoas na sala foram tomando forma; assim, com muito esforço, conseguiu abrir os olhos, viu Mariá consolando a sua mãe, que chorava, depois olhou Areta, percebeu que ela a viu com o olho aberto. Areta aí, em espasmo de esperança, falou para todo mundo que ela abrira os olhos. Sua mãe foi ao seu encontro, chorou de felicidade, depois a menina olhou para todos que estavam no quarto: Amira, Areta, Mariá, depois entraram Manu e Robson, percebeu que aqueles eram os seus, e, depois que saiu plenamente da escuridão plácida, falou para a sua mãe que gostaria de ser chamada do jeito que a sua avó a chamava. Olhou bem nos olhos de sua mãe, disse recobrando a força da voz: me chame de Aina, mãinha, vovó me disse que é assim que tenho que ser chamada. Fernanda ficou atônita, sabia que estava em dívida com os seus ancestres e falou com todo dengo: Aina, minha filha. Ajoelhou-se. Agradeceu à sua mãe e a todos os deuses, tinha uma nova chance, ela sentiu que estava renascendo também.

18

Manu viu Madrugada bater a porta, indo embora, depois de ter lhe mostrado todos aqueles haicais. Aí começou a arrumar o ateliê, gostava de deixar as coisas na minimamente ordenadas, já que o seu processo criativo era meio caótico, ainda mais depois da visita de um poeta; o corpo estava em harmonia, mas os objetos, que estavam em volta, não. Além disso, ele tinha que voltar para casa, almoçar com Mariá e as suas duas meninas – evento sagrado. Uma coisa que lhe tocava era o caos que toda criação deixa como sobra. Tinha pintado belos quadros, e agora ia catando os cacos de tudo que sobrou. Eles tinham algo de poético, seria o estrume da criação. Pensava assim, depois sentiu um vento bastante frio, a lhe fazer fremir a pele. Pensou nas meninas e em Mariá. Resolveu ligar para ela. No ateliê não estava dando sinal. Nunca foi um homem que acreditasse em premonições, mas acreditava, de fato, em pressentimento. O pressentimento, para Manu, era quase um fato; na verdade, era um fato não comprovado. Não gostava de senti-lo. Mas ele tinha os poros abertos, uma espécie de sentidos que antecedem algo ruim. Manu sempre dizia que era por causa disso que estava vivo até hoje. No gueto tere esses pressentimentos... é como ver o futuro imediato à sua frente. Pode ser a diferença entre estar vivo ou morto. Saiu do gueto, ganhou bastante dinheiro, mas isso continuava com ele. Buscou já, um pouco agoniado, achar um sinal do celular, queria ligar para Mariá. Não conseguiu. Saiu do Ateliê. Ligou, só dava na caixa. Pensou que algo de errado estava acontecendo.

    Os traços da vida, para ele, não eram diferentes dos da tela; alguns são densos e dramáticos, outros são leves e pueris a transparecer felicidades. Manu estava pressentindo algo dramático. Ligou de novo para Mariá. Na caixa de mensagem. Ligou para as suas filhas. Na caixa de mensagem. Nada estava indo bem. Pronto. Telefonou para a direção da escola. Ninguém atendeu. Algo estava acontecendo, e era com as suas meninas. Uma sensação aflitiva foi apertando o seu coração. Angústia de pai. Refletiu. o que será que está acontecendo com elas? Foi pegar o carro para ir à escola. No entanto, poderia ser parado em alguma *blitz*. Ligou de novo para a direção da escola. A diretora atendeu. Ele lhe perguntou como estavam as suas meninas, se havia acontecido algo na escola. Evanice lhe falou do ocorrido e que Mariá já havia levado as suas filhas para casa.

    Ele se sentiu aliviado, por saber que as suas filhas não tinham se machucado, já acalmou o seu espírito de pai. Tentou telefonar de novo, não conseguiu. Ele também não gostava de ver o aspecto do céu com um cinzento estranho, chamava de céu banzeiro, preferia que vertesse logo as águas que estavam represadas, a ficar sombreando a cidade com aquela sinistra atmosfera. Poucas vezes o céu de Salvador fica com essa aparência, mas, nesse dia, se encontrava assim. Óbvio que (como pintor) Manu já estava acostumado com todas as tonalidades do céu. Mas dessa, especificamente, ele não gostava, sempre que a utilizava em suas telas, saía com uma dramaticidade – não fazia muito o seu feitio. Além disso, sabia que a natureza mexe muito com os espíritos. Influencia o seu estado, mas buscou resolver, organizar as sobras artísticas do ateliê, a fim de ir logo para casa encontrar as suas três rainhas. Ligou mais uma vez, e teve sucesso. Falou com Mariá; ela lhe disse que estava em casa, que ele fosse logo, pois as suas filhas tinham passado por uma situação difícil e precisavam do pai ao lado. Ele aí saiu, rápido; o ateliê não era tão longe, mas tinha certa distância da sua casa. Assim, resolveu deixar o carro. Pegou um táxi, seguiu para casa, ansioso para ver as suas meninas e Mariá. Provavelmente iria pegar algum trânsito, mas iria chegar para acalentá-las. Falou o seu local de destino, e mandou o taxista ir o mais rápido que pudesse.

Manu parou de olhar para o céu, pois se irritava, aquele cinza maldito estava ferindo as suas retinas sensíveis. O taxista era bem um desses tipos soteropolitanos, ouvia umas músicas antigas do Olodum, dos seus tempos áureos, ouvia baixinho, tinha uma cara de cafajeste aposentado, que, provavelmente, já haveria de ter comido muita gringa e damas da noite, conduzindo à noite. Ele reconheceu Manu. rapaz, você... não é aquele artista famoso, que ganhou até prêmio outro dia? Manu estava absorto, ouvindo a música e pensando nas filhas, ouviu as suas últimas palavras e disse: sim, sou eu. O taxista o olhou: pode me dar um autógrafo? não é para mim, tenho um filho de dezessete anos, que é muito seu fã. O taxista, para surpresa de Manu, tinha uma revista com algumas fotos de quadros seus; depois ele perguntou para o taxista: a revista é do seu filho? O condutor, fazendo uma curva e se irritando com o engarrafamento, falou: sim, é dele, esqueceu aqui outro dia, quando eu o levava para casa. Nosso Basquiat brasileiro autografou a revista, fez uma dedicatória bonita e a entregou ao taxista.

Voltou a se concentrar na música, depois falou: há muito tempo que não escuto essa música do Olodum. O taxista deu uma risada: eh!... gosto muito. E depois articulou, nostálgico: são muitos carnavais. Manu consentiu com a cabeça: muitos carnavais. Via o trânsito engarrafado. A menor distância se torna grande, às vezes, nessa cidade. Começou a pensar em Amira e Areta, nas suas traquinagens e brincadeiras. Era feliz por ter tido duas filhas tão fantásticas. Achava que elas eram assim por natureza e pela criação de Mariá. Ele era mais de fazer as suas vontades, mas sabia orientar também, conhecia a realidade que os rodeava; por isso, sempre buscou protegê-las das intempéries. Mariá já as ensinava a lidar com os problemas, não passava a mão na cabeça das duas, era rigorosa.

O táxi continuava preso no trânsito; Manu olhou, de novo, para o motorista. Ele estava satisfeito pelo que tinha conseguido. A casa de Manu estava ainda a certa distância; aconchegou-se melhor no banco, quase cochilando. O pressentimento tinha já passado, agora seria só cuidar de Amira e Areta. Ver o efeito de toda aquela situação sobre elas – era o que o norteava. A manhã corria cheia de eventos, há dias na vida que são inusitados, ocorrem fatos não vividos antes, embora de certa forma os dias se repitam. Sim. Na maioria dos dias, ocorrem poucos acontecimentos que agreguem novas experiências e valores na vida. O tal do cotidiano é a arte de se repetir os dias. É isso aí mesmo. As variações de acontecimentos de vinte e quatro horas a vinte quatro horas são poucas para o homem comum. Mas, dentro dessa lógica, provavelmente toda pessoa tem o dia marcante na vida, dia que ressoa nos outros dias da vida. Isso ocorre. E não é o daqueles de datas de formatura, ou de eventos demarcadores de fatos na vida, que muitas vezes são irrelevantes e sem graça. Não são esses. Isso pouco ocorria, ou não ocorria com

Manu. A arte se manifesta como surpresa, na maioria das vezes, mas ele buscou uma disciplina, criou um cotidiano de trabalho, sempre levava as meninas para o colégio e ia trabalhar no ateliê, mesmo que não estivesse inspirado, ou motivado, a pintar algo, tinha que ficar a manhã toda no seu local de trabalho, de segunda a sexta. Isso foi a disciplina, o cotidiano que ele criou para si, mas no geral estava sempre pintando quando o estro criador o arrebatava.

O taxista o olhava cochilando, percebeu que ele estava tendo algum pesadelo. Manu se encontrava preso dentro de uma pintura sua, havia grades e ele estava atrás, a cor que predominava na tela era cinza; havia vários borrões de nuvens carregadas. Fora da tela, ele enxergava Amira e Areta o observando, elas não conseguiam percebê-lo na tela. Não atinaram, mas ele se mexia, gritava, batia na grade que o aprisionava, quando, de repente, sentiu o mundo afundar no abismo profundo; era o carro que derreou a roda em um buraco da pista e subiu de novo em um solavanco, que o fez acordar. porra, tirei um cochilo, cheguei a sonhar. Já estamos próximos? O motorista do táxi fez com a mão um sinal de mais ou menos. Manu limpou as vistas com as mãos para afastar o sono, abriu bem os olhos para enxergar, excluindo a aura de maresia que o tomava. Depois fitou uma igreja e não sei por que cargas d'água pensou em Jesus: porra! Os brancos botaram para lenhar mesmo com a gente, viu! nos escravizaram, exploraram, coisificaram, exerceram todos os tipos de crueldades, inimagináveis até com animais: açoites, decapitações, aterrorizadores assassinatos de pessoas, povos e culturas, e (além disso tudo) ainda nos deram o seu Deus para rezarmos e nos mantermos resignados ao mal que eles nos causaram e ainda continuam causando. Geniais, esses filhos das putas. Geniais. São os gênios acometedores de todas as barbaridades humanas.

A igreja que Manu tinha observado e lhe trouxe todos esses pensamentos ficou para trás. O taxista o observava, viu que ele estava tendo uma reflexão profunda e disse de si para si: isso deve ser coisa de artistas, né? Olha um horizonte e parece que o retém aos olhos por muito tempo, formando ideias na cabeça.

Manu viu a igreja ficando para trás através do espelho retrovisor do carro. Depois lhe veio outra reflexão. Ele gostava de ficar pensando coisas impensáveis, se é que existe algo do tipo, mas preferia acreditar que sim. Assim estava olhando as ruas, as avenidas baianas cheias de corpos pretos, correndo de um lado para o outro, para fazer as suas vidas; começou a imaginar como seria o Brasil sem a cultura negra e indígena. Pensou: porra, seria uma merda, fez força para ter uma imagem nítida desta projeção, mas um vazio opaco lhe fez sumir a própria imagem do Brasil, depois apareceu em *flashes* ligeiros: igrejas católicas, canastrões corruptos racistas, *shopping center* e cintura dura. Manu sempre afirmava que o que modelava a "cultura brasileira" com poesia, espírito criativo, com o que poderíamos chamar de Belo, eram as culturas negra e indígena, pois essas resistiram às imprecações do feio humano: as ignomínias e barbaridades mais ferozes e perversas para a sua destruição. Fizeram isso simplesmente construindo belezas para o mundo.

O automóvel continuava seguindo, aí Manu sentiu o cheiro do mar da Baía de todos os Santos, mar feminino de Iemanjá, lhe trazendo consolação. Abandonou as reflexões e ficou contemplativo.

O mar sempre lhe causava esse efeito, ele penetrava em suas retinas com as vagas mágicas, arrefecia o calor do corpo e tocava com toda a harmonia rítmica o seu coração.

Pensou na primeira vez em que levou Amira e Areta à

praia, elas não tinham mais que um ano quando isso aconteceu; tinham que receber o abraço da rainha do mar. Mariá morreu de medo, quando ele levou e banhou Amira, e Areta estava, ainda, em sua barriga e, depois, quando esta nasceu e alcançou um ano, ele a levou e a mergulhou no mar também.

Mais à frente, esqueceu o mar e as lembranças, estava imaginando que Mariá já estaria nervosa por causa da sua demora. Ela não gostava de esperar. Telefonou-lhe e explicou a situação; além disso, buscou saber como estavam as meninas. Ela lhe disse que se encontravam bem, eram meninas fortes, iriam superar tudo. Manu lhe disse que já estava chegando, lhe deixou um beijo e desligou o celular.

Olhou para o taxista: o trânsito nesse horário é sempre assim. Começaram a conversar sobre trivialidades. No viver cotidiano as trivialidades são essenciais, imprescindíveis. O trivial carrega bem o cotidiano, faz a vida seguir em tom linear, para não descambar nas neuroses estressantes das cidades grandes. Seguiram assim e Manu resolveu perguntar sobre o filho do taxista, como tinha começado o interesse dele por artes, quantos anos tinha, se ele pintava. Esse tipo de indagações. O taxista se sentiu feliz pelo interesse de Manu com o seu filho e começou a contar, sem perder a atenção no fluir do trânsito: primeiro eu descobri que ele estava grafitando, pela polícia, ele tem dezessete anos e quase foi levado para o juizado de menores, pois estava grafitando em uma parede de uma grande empresa. Sei que tomou uns paus dos policiais, mas eu consegui chegar a tempo de tirá-lo da cana. E ele... para me convencer de que o que fazia era arte, me contou a sua trajetória de vida, na qual se espelha, pois o admira muito.

Manu lhe agradeceu, sempre quis que as suas obras e sua

vida causassem esse efeito: que fossem além do deleite estético dos quadros, servissem para construir novas existências, promovessem o surgimento das novas gerações de artistas.

O taxista continuou a falar: antes eu achava que ele estava fazendo coisas erradas; mas agora... Não acho mais. Por sua causa, meu filho se voltou para o estudo, e agora terminou de ser aprovado no vestibular, entrou em artes plásticas e me disse que será tão grande quanto você.

Manu pegou uma ilustração, que estava em sua mochila, deu para o taxista: entregue a ele, e diga que tem que estudar muito e experimentar técnicas, assim ele vai chegar aonde deseja. Diga para aparecer, ir ao meu ateliê. Deu o seu cartão. O taxista agradeceu e disse que, com certeza, seu filho iria aparecer.

O trânsito ia se desafogando mais. Manu voltou a observar a rua: as pessoas, os carros iam passando às suas vistas como imagens fluidas, superfícies da vida urbana. Esse tipo de dinâmica feroz e urbanista oferece muitas imagens; poucas são dignas de contemplação, olha-se, mas não se enxerga. E já não existe tempo para se contemplar mais nada, o objeto não nos toca de forma sensível, pois os sentidos viraram interfaces tecnológicas. Está assim. Não se sabe se são sentidos degenerados, ou novos sentidos. Madrugada falava que a criação de intermédios para a sensibilidade fazia criar placebos sentimentais. Manu ouvia essas tiradas dele e sempre as achava geniais; era o homem das palavras bonitas. Pegava tudo no ar, e rapidamente, com uma naturalidade, que para o artista plástico era sempre pertinente – formulava as suas sentenças poéticas.

Manu esqueceu Madrugada, se deparando com mais um nó no trânsito. E, apesar de o céu estar coberto por nuvens cinza, a cidade estava um mormaço só. Era realmente um daqueles dias em que os soteropolitanos clamam por chuva. Mas nem um pingo deu sinal, verteu das nuvens. Manu só gostava de chuva nessa circunstância, para trazer um refresco. Tinha puxado ao seu pai carpinteiro, nesse sentido; era um homem que tinha gosto pelo sol. Na cabeça dele funcionava assim, sol é igual à alegria. Nuvens e chuva, tristeza, solidão, coisas que, para ele, não tinham graça, eram o estraga prazer da sua diversão.

O taxista observou as nuvens no céu, olhou para Manu e falou: vai chover (e com um precisão de meteorologista continuou) e vai ser chuva de trovoada, pode botar fé. Mas antes a gente chega à sua casa.

Manu sorriu e disse exageradamente: tomara que eu chegue antes de essa água desabar, pois, se ela cair antes, aí só chego em casa amanhã, e de canoa. Os dois deram risada. Manu mandou o taxista aumentar o volume do rádio, estava tocando uma música de Virgínia Rodrigues, uma que homenageava Oxum, que lhe fazia lembrar Mariá, pois era a rainha das águas doces que fazia a sua cabeça. Ele a tinha gravada ainda, depois desse tempo todo de casado, nunca se tinha esquecido da frase que foi a transposição de todo o sentimento que sentia por ela, a qual a conquistou: água de rio a banhar todo o meu corpo, meu ilê, com marolas de chamego, e a me cobrir na imensidão profunda e plácida do seu dengo é você, Mariá.

Manu não considerava um poema, pois isso era matéria de Madrugada, era uma frase de dengo, que na profundidade dos íntimos sentimentos conjuga um casal em um só destino; foi o que ocorreu com Mariá e Manu. Nosso artista plástico sorriu sozinho a rememorar a frase, que conquistou o coração de sua esposa. E a vontade de chegar em casa logo se redobrou. Sentia-se feliz por ser um homem com chamego, no equilíbrio de uma relação de dengo e companheirismo.

  O taxista deixou o afã admirativo, que estava com Manu, se envolveu, com certa irritação, com o trânsito: xingou um sujeito, que lhe fez uma ultrapassagem perigosa, começou a bater no volante, e falava indignações para todos. Manu entendia, pois muitas vezes ficava desse jeito também. Chega uma hora em que se perde mesmo o controle, eflúvios urbanos que apertam a mente na poluição dos sentidos riscados nas pistas das grandes cidades. Na verdade, não só apertam, mas fazem estourar. Naquele momento um sujeito dá uma ré, em descontrole de volante, para passar à outra via da pista e risca o táxi. Pronto. Aí, o taxista saiu do seu carro, o sujeito saiu também: as ofensas foram das duas partes. Manu percebeu que a coisa poderia descambar em ações mais bruscas, estavam já se empurrando para iniciarem a luta. Manu saiu para apaziguar, o sujeito já medrou um pouco quando viu nosso artista plástico sair do carro, e falar de forma incisiva. Ele afastou os dois, aquela confusão o estava atrasando mais ainda. Isso o irritava profundamente. Não houve prejuízo para nenhuma das duas partes. O taxista recobrou a sua razão, pediu desculpa para Manu, e foi para o carro ainda xingando o outro motorista: barbeiro da porra. Arrancou o táxi e seguiu. A casa já estava próxima, finalmente. O taxista lhe pediu desculpa de novo, Manu pediu que ele ficasse tranquilo, que essas coisas ocorrem mesmo. Coisas do dia a dia agitado que levamos, dessa maluquice frenética.

  O táxi já se aproxima da frente de seu condomínio, estavam com os ânimos mais brandos, depois da adrenalina vivida; experenciaram muita coisa em um curto espaço de tempo. O carro já se encontrava bem perto de sua casa. Aí, Manu foi pegando o dinheiro na carteira para pagar e depois lhe falou: é aqui.

O taxista não quis aceitar o dinheiro, e lhe disse que foi um prazer dirigir para ele, nunca iria aceitar pagamento, já estava tudo pago com o autógrafo e a ilustração. Depois sorriu: esqueceu... Se eu vender a sua ilustração, ganho um dinheiro para ficar bem no ano. Os dois riram. Ele continuou: mas aqui é um tesouro pra o meu filho, vai para a mão dele.

Manu lhe agradeceu, lhe deixou um abraço e disse em tom imperativo de ordem: continue assim, cuide sempre bem do seu menino. Até mais. Saiu do carro, acenou se despedindo, o taxista arrancou, buzinou um tchau. Manu estava feliz por finalmente ter chegado e foi, ligeiro, ao encontro da sua família.

19

Fernanda entrou no hospital angustiada, foi em busca da recepção. Estava desnorteada. Robson foi lhe orientando. Ela avistou a recepcionista. Nessa hora, Rita Ferrenho já estava impaciente. Ter que tomar conta de uma mulatinha (era como ela via Andreia) não era bem a dela. Além de não gostar da menina, só a aturava devido a muito esforço de profissão.

Análise de Mariá: os pretos que se escamoteiam, que negam a sua negritude para adentrar o mundo dos brancos, submissos às imprecações racistas deles, são aturados. Visto que suas existências são necessárias para os brancos justificarem a famigerada democracia racial.

Manu também falava para Mariá, quando refletiam sobre esses fenômenos em casa: a democracia racial é um sofisma, preta, um maldito sofisma, criado pelos intelectuais brancos, para manterem as hierarquias sociorraciais, advindas da escravatura, onde nós, negros, estaríamos sempre na base, irmanados na miséria. É uma espécie de falso cartão-postal, tracejado pelas elites intelectuais para gringo ver, para criar um Brasil fantasioso, saído das entranhas racistas das suas poluídas mentes.

Nandinho quando via Manu com esses discursos antes de

alguma entrevista, falava já morrendo para ele: nego, *please*, não diz nada disso não, pelo amor, pois ainda estou fechando com a galeria a exposição – *money, money, money*.

    O hospital era um dos melhores da cidade. Possuía uma atmosfera límpida com cheiro de água sanitária. No entanto, isso não excluía a densidade, o peso dos falecimentos, que se encontrava incrustrado por todo o ambiente. Os tenebrosos da morte sempre são latentes nesses espaços, fazem parte da sua constituição.

    Fernanda sentiu esse peso do lugar, o que lhe deixou com mais desespero. O seu peito quase ficou sem ar, devido ao nó de marinheiro que apertou o seu coração. Chegou ao balcão da recepcionista. Apresentou-se. A moça toda de branco, com um cabelo de chapinha, lhe disse que sua filha se encontrava na UTI; estava recebendo o melhor atendimento, mas que não poderia vê-la, ainda; teria que esperar o médico sair, ele iria dar as primeiras notícias sobre o seu estado. A sigla UTI caiu quase como uma bomba no seu espírito. Robson a consolava, e ela ficava tentando conseguir mais informações sobre Andreia, queria extrair da recepcionista a frase: ela está bem.

    Rita Ferrenho estava sentada na sala da recepção; de fato, não queria estar ali. Assim, ela viu Fernanda falando com a recepcionista. Notou o seu desespero. Não se comoveu. Sua irritação era maior. Ela fitou a mãe de Andreia dos pés a cabeça, foi enrugando a sua face, transparecendo um franzir doentio do ódio racial, que lhe consumia. Irritou-se profundamente devido às roupas elegantes de Fernanda. Pensamentos macabros lhe tomaram: como pode essa preta estar tão bem vestida assim, parecendo uma madame. Tem motorista particular e tudo. Como pode isso? Puta.

Aí das suas entranhas, como uma erupção vulcânica, despontou um sonoro muxoxo a tomar todos os ouvidos da sala: tsc! O muxoxo chegou logo ao ouvido de Fernanda, que reconheceu aquele olhar. Fitar de discriminação e inveja. Foi ao encontro dela, queria ter mais notícias sobre o estado da sua filha, já que foi ela que a acompanhou.

Rita Ferrenho a observava vindo em sua direção, tentou se desfazer das rugas doentias, mas essas já faziam parte de toda a sua secura facial. Fernanda continuou indo ao seu encontro, observava a face feia da coordenadora, pela primeira vez na vida teve coragem de xingar em pensamento um branco: barata descascada de bunda achatada. Rita Ferrenho sentiu que ela não estava de brincadeira, pensou de novo: como pode uma preta? Ficou meio acuada, e falou: que bom que chegou, agora já posso ir embora. Fernanda a olhou bem profundamente: embora, como assim? Você vai ter que me dizer como se encontra a minha filha. A coordenadora se fez arrogante: a recepcionista já não lhe contou? Fernanda: como assim, você veio com minha menina, me conte! A discussão estava efervescente e Rita Ferrenho articulava mais xingamentos para avacalhar Fernanda em sua cabeça, mas se sentiu acuada, a ponto de deixá-los descer pelas válvulas cerebrais e falou: ela tomou uma pancada forte e veio na ambulância o tempo todo desacordada. Fernanda olhou para ela: viu que não doeu. Rita Ferrenho sentiu raiva, pois teve que se render, e soltou um impropério o qual fez todo mundo silenciar na sala. da próxima vez, vê se ensina Andreia a atravessar a rua direito (e depois já andando para ir embora) parece que vocês, pretos, só sabem ensinar dança aos seus filhos. Fernanda ouviu aquela frase, sem muito acreditar: o que foi que você falou? Se contorcendo em indignação, foi atrás de Rita. Robson tentou segurá-la, depois resolveu deixá-la. Viu que a lição seria um bem pago histórico e existencial. Fernanda lhe segurou o braço, apertou com todas as suas forças e deflagrou um sonoro tapa, dizendo-lhe: vaca racista. Pela primeira vez ela se sentiu sujeita diante de um branco, se impôs diante do preconceito, do qual sempre se omitiu e que buscou não enxergar. Era uma sensação de catarse. Sim. Expressou em um só ato todos os sentimentos que eram represados em seu corpo a lhe fazer submissa – menor, em sua vida. Como se tivesse quebrado as correntes de sua mente ainda de escravizada. Existem eventos muitas vezes traumáticos na vida que nos fazem encontrar com nós mesmos, um encontro intenso que nos leva a fazer a coisa certa. Foi isso que ocorreu com Fernanda, isso que sentia, vendo Robson separando-a da coordenadora, que foi retirada pelos seguranças, em destroços de suas ignomínias pessoais.

Rita Ferrenho, na verdade, sentiu que para o fel que ela jogava no mundo já havia remédio. As suas ações já não tinham a naturalidade atroz de uma ação banal no cotidiano, como sempre foram justificadas as barbaridades no nosso país. De repente, ela percebeu que muitos já enxergavam que, por trás da sua carapaça de cidadã de bem da classe média brasileira, guardava um monstro oculto, clamando pelo sangue, ou pela inferiorização de uma parte das pessoas do mundo, notadamente do negro brasileiro, só pelo fato de possuir a cor e o fenótipo diferente do dela.

Sentiu seu espírito em destroços, seu monstro pessoal já estava à vista, não tinha como esconder, ganhou o *zoom* dos olhos de todos, que enxergavam quão feio era, e que a consumia de forma degenerada também, ia a devorando, transformando-a num emplasto medíocre de sentimentos ruins; a pequenez expressa no seu jeito de andar, na forma de olhar, na exposição de suas ideias, no jeito de sentir e projetar o mundo; era um ser perdido humanamente, cujo local no planeta era certamente no enlodo histórico de desgraças e atrocidades sem tamanho.

Fernanda ainda estava na ressonância do tapa, despendeu o que estava represado havia muito tempo, e que de certa forma... Conscientemente ela não sabia, mas como Madrugada afirmava: os sentidos sempre são mais verdadeiros do que o intelecto, agem concatenado com a natureza formulando revoluções – seja de qual tamanho for, num nível pessoal ou mais genérico, entendendo o entrelaçar das duas forças expostas, que não se subdividem; são como sementes e frutos – formam-se ciclicamente.

A recepcionista nessa hora atendeu ao telefone, recebeu a informação de que Andreia já tinha saído da UTI; fora para outra sala. Passou a informação para Fernanda. Mas ressaltou que não poderia vê-la, ainda. Teria que dar mais um tempo, pois ela estava fazendo uma bateria de exames.

Fernanda se sentou na cadeira, se acalmou, para assentar a adrenalina vivenciada. Mas a preocupação com a sua menina era grande. Sabia que a força que teve foi devido a sua filha, poderia enfrentar, naquele momento, qualquer ditador atroz do mundo, iria dizer-lhe: calem as bocas, seus Hitlers de merdas. Minha filha está sendo medicada. Iria sim... Falar algo do tipo.

Robson a observava. Ele sabia que, quando um preto se empodera de sua negritude, começa a fazer a sua existência funcionar, a valer a pena, a ter e a ganhar sentido no mundo. Ele falava assim, no meio das rodas de samba para os seus parceiros: é como tocar o rum rumpi e lé – tem que trazer axé ao barracão. Sorria por dentro, mas continuava preocupado com Andreia, sabia que toda aquela ação de Fernanda poderia ser coroada se a sua filha estivesse bem. Oxalá que seja assim. Pensava. Sentou-se ao lado dela: temos que ter fé, que ela vai estar bem, senhora. Fernanda o olhou com ternura: temos que ter, sim, Robson, temos que ter.

Nos corredores do hospital viam-se muitos médicos andando com seus jalecos brancos e os estetoscópios envoltos no pescoço, enfermeiras carregando materiais para cuidar dos enfermos. Parentes dos internados à espera. Pacientes que chegavam deitados nas macas para serem internados. Era isso que Fernanda e Robson viam, esperando o momento em que poderiam ir ao encontro de Andreia.

Fernanda ficava nervosa, pensando que cada médico que passava, ou abria alguma porta, seria o que estava cuidando de Andreia. A cada momento aparecia um, mas frustravam a sua expectativa, pois não era o que estava responsável pelo caso de sua filha.

Robson notava que ela estava com muita ansiedade. Levantou-se e perguntou se gostaria de água para acalmar o espírito. Fernanda com um gesto afirmou que sim, ele foi buscar. Ela já tinha esquecido completamente o evento com a coordenadora do colégio de sua filha. Pensava: se ela já não está na UTI é porque não deve ter sido nada tão grave. Depois lhe veio à mente: se ela foi para a UTI pode ter ocorrido algo mais complicado, grave. Extraiu com todas as forças o segundo pensamento e ficou só com o primeiro: ela está bem.

Depois olhou para a recepcionista em busca de mais informação, mas ela só lhe dizia que a sua filha estava fazendo múltiplos exames, que já, já o médico viria para lhe dar notícia do estado de Andreia. Fernanda não se conformava, mas continuava sentada, aguardando o médico. Robson chegou com a água, ela estava realmente com sede, depois da discussão com Rita Ferrenho; bebeu o primeiro gole com gosto e assentou o outro meio copo com água em cima de uma mesinha pequena, típica desses hospitais. Em seguida, falou para si mesma: cadê esse médico? Não encontrava resposta, e se angustiava mais. daqui a pouco ele vem, senhora. Respondia o motorista. espero que chegue logo, Robson. Ela retrucava. vai vir, madame, vai vir. Meu pai Oxalá não vai deixar acontecer nada de ruim à menina. Fernanda, desde que se tinha afastado de sua mãe, não via mais ninguém rogando para um orixá, pedindo a sua proteção. Ela sentiu tanta ternura na voz de Robson, viu tanto conforto e consolação na forma como ele proferiu as palavras, que articulou, institivamente, em sua boca a palavra axé, mas não a conseguiu proferi-la; engoliu-a; ainda não tinha conseguido se libertar das amarras de toda uma vida de esfacelamento da sua identidade afro-brasileira.

Fernanda se lembrou do dia em que Andreia chegou em sua casa, dizendo que entraram duas meninas negras no colégio, filhas de um artista plástico e uma importante historiadora. Uma das meninas usava um cabelo *black*, a outra usava uns trançados afro. Fernandaa olhou bem e falou em tom imperativo: e daí... Não se envolva com elas, daqui a pouco vai querer ter o mesmo cabelo, fique longe delas, vão lhe trazer problemas. E, além disso, esse povo se acha os donos do mundo.

Depois desse dia, Andreia não viu outra possibilidade de se relacionar com Amira e Areta, que não fosse por desavenças.

O coração de Fernanda apertava mais, ficava buscando explicação sobre por que estava acontecendo isso com ela. Sentiu que pressionou muito a sua menina, se acontecesse algo de sério não iria conseguir se perdoar. Andreia era o seu grande tesouro, o qual não poderia perder, queria tê-la intacta. Não poderia vê-la como uma borboleta com uma asa quebrada, teria que vê-la voando alto. Era esse o seu sonho. Pensou quase deixando sair à boca o pensamento: cadê a porra desse médico? Ninguém conseguiu perceber o seu murmúrio. ainda bem. Falou para si, olhando para todos que estavam em sua volta.

Robson estava andando, olhando o hospital, não era um tipo de homem que gostava de ficar parado. Buscou conhecer o ambiente, ver os casos que rolavam; descobrir a história dos que ali estavam. Ficou sabendo de uma velha que não gostava dos enfermeiros e enfermeiras negras, a qual a família pouco vinha visitar e, em arfar de última respiração, contou que o grande amor da sua vida foi por um homem negro na sua juventude, com quem a sua família não deixou que se casasse e, depois disso, para ela, nenhum preto mais prestou. Tentou pedir perdão aos céus, mas se engasgou e expirou, carregando consigo a palavra presa – que nunca mais iria conseguir falar.

Robson continuou andando, ajudava a alguém quando precisava, gostava de agregar enredos na sua vida, dizia sempre que o sábio é sábio porque aprende muito com a experiência dos outros. Todo sábio tem um ouvido bom para escutar. Era uma forma de passar o tempo também. Mas sempre observava Fernanda, não a deixava desassistida.

Numa outra sala, ele recebeu um sorriso mais bonito que já tinha visto de um menino, ele estava em estado terminal, tinha leucemia. Crianças são sempre mágicas. Ele sorriu também e fez algumas palhaçadas, mímicas de *clown*, para poder ver aquele sorriso estendido às orelhas.

Fernanda pensava no Simon, como ele iria reagir à notícia,

mas ele está tão longe e a sua filha com certeza vai estar bem. Era o que ela imaginava. Também já estavam separados havia muito tempo, e era ela que educava Andreia. O gringo só lhe dava dinheiro para mantê-las confortáveis e pagar a educação da menina. Assim, como um vento frio a arrepiar a espinha, uma onda tenebrosa lhe tomou, começou a chorar. Robson viu e se aproximou, sentou ao seu lado: calma, senhora, cadê esse médico, menina? Falou para a recepcionista. Ela retrucou: tenha paciência, é para o próprio bem da paciente. Fernanda enxugou as lágrimas do rosto e disse: tudo bem.

    Ela bebeu a água que restava do copo, se acalmou. A vida nunca lhe foi fácil, por isso buscava facilitar a de sua filha. Conseguiu lhe dar conforto, mas sabia que não a podia proteger de tudo, mesmo que quisesse. As coisas não ocorriam assim, e nunca ocorreu do jeito que ela imaginava. Teve sempre que se adaptar às imprecações que lhe eram impostas, teve sempre que fazer o jogo do mundo dos brancos para sobreviver.

    Robson se levantou do banco, pediu licença para Fernanda: já volto. Fernanda viu um médico, com um olhar de quem iria falar com ela; no entanto, foi direto à recepcionista. Ele estava com um olhar circunspecto, de quem tinha má notícia para dar. A recepcionista apontou um homem e uma mulher, eles estavam sentados atrás de Fernanda: são eles. O médico olhou o prontuário: vocês que são os filhos do senhor Gonçalves Oliveira? Falaram: somos sim. A moça que deveria estar na faixa dos seus trinta e cinco anos, já começou a chorar, entendendo de imediato a notícia fúnebre que iriam receber. O médico lhe falou do falecimento do seu Gonçalves. O irmão, que parecia ser mais racional, consolava a sua irmã e buscou logo resolver a burocracia para liberação do corpo para o funeral.

Fernanda viu todo aquele desespero da família do homem morto. Não cogitava, de maneira nenhuma, receber esse tipo de notícia sobre a sua filha. Ficou muito mais afoita, queria, logo, que acabasse a tormenta que vinha passando. A espera já era uma espécie de castigo. O tempo parecia paralisado, e as expectativas de encontro sendo adiadas a cada minuto. Um sentimento de nada a fazer a afetava de maneira muito profunda; estava inerme diante de tudo que ocorria com Andreia. E uma mãe inerme ao destino dos seus filhos vira bicho agitado em dor e angústia. cadê o médico? Explanava de novo. Robson voltou com um copo de café e lhe falou: tome um pouco de café, senhora. Ela lhe agradeceu, sentiu a fumaça fervente entrar em suas narinas, assoprou e degustou um pouco. nunca vi tamanha demora, eu sou a mãe, tenho que estar perto de minha filha. Robson com placidez: calma, daqui a pouco ela já vai estar nos seus braços, senhora.

A recepcionista continuava atendendo aos telefonemas; estava mais tranquila, tirava os seus cabelos alisados dos seus olhos. Parecia estar acessando alguma rede social. Dizem que esses trabalhos exigem esse tipo de aparência, se a pessoa for negra como a que Fernanda e Robson observam; tem que esfacelar a sua identidade, isso significa ter que adquirir os comportamentos, a estética, os valores, as prerrogativas do mundo dos brancos. Exigência pragmática para exercer a função, não há outra escolha, o trabalho exige que você vá adquirindo um pouco das neuroses que Michel Jackson tivera.

Mas Fernanda e Robson a olhavam, esperando dela algum sinal, para ir à sala onde se encontrava Andreia, ou para apontar o médico que já se demorava em demasiado. Era uma espera atroz. Fernanda já estava próxima de invadir, ir abrindo (sala por sala) até encontrar a sua filha. O motorista a tranquilizava, diminuía o seu ímpeto para não cometer uma besteira.

Uma agonia muito grande se assomava mais e mais em seu corpo, em níveis que lhe faziam sentir, em sensação de desassossego, de vez em quando, certos arrepios; amalgamar estranho de dores interiores, que a estavam afetando desde o telefonema da diretora Evanice, contando o que havia acontecido com a sua menina. Depois desse telefonema, só angústia e desespero nesse correr ao encontro de Andreia. Só iria sossegar, de fato, quando a visse, e bem. Não suportava mais esperar, chegou perto da recepcionista e lhe falou se o médico não aparecesse naquele momento, ela mesma iria à procura, batendo leito a leito até encontrar a sua filha. Quando já estava indo, a recepcionista lhe disse: pronto, senhora, aí está o doutor. Fazendo um sinal com a cabeça.

Fernanda viu o médico se aproximando, sentiu um calafrio na espinha dorsal, repetiu para si como se fizesse uma figa espiritual: ela está bem, ela está bem. Robson olhou para ela, observou a sua aflição, depois fez uma leitura facial do médico, tinha certeza de que ele iria trazer uma boa notícia. Mas a aflição existia, normalmente não errava. Ele conseguiu ler uma frase inteira na expressão do rosto do médico, semelhante à que Fernanda tinha pensado: está tudo bem com ela. No entanto, existia um contraponto, uma maldita conjunção adversativa, um "MAS" que poderia levar a oração por caminhos dolorosos, cuja continuação ele não conseguiu ler. Gelou por dentro. Não tinha mais certeza, se consolou com a primeira frase, esperando o médico se aproximar e acabar com o martírio dos dois.

Fernanda não lia nada, não tinha essa habilidade, para ela as coisas tinham que ser ditas pragmaticamente, não acreditava em nada implícito, não perdia tempo com isso. A tal ponto que, ao invés de ela esperar o médico vir em sua direção, ela que foi ao seu encontro. Talvez tenham sido os passos mais rápidos, dados por Fernanda em sua vida. Como se estivesse próxima de chegar em primeiro lugar numa corrida, para ganhar uma medalha de ouro numa olimpíada – correr de mãe desesperada.

O médico a olhou, já próximo dela, e falou: a senhora que é a mãe de Andreia? Ela respondeu: sim, sou eu. Ele retrucou afirmativamente: Por favor, venha comigo. E continuou andando em direção à sala onde Andreia se encontrava: ela recebeu uma pancada forte na cabeça, pelos exames feitos, não foi nada grave. No entanto, está desacordada. Não parece ser nada físico. Apesar de a outra senhora que estava aqui ter relatado a gravidade do acidente. Fernanda, nessa hora, pensou: aquela vaca. Robson ia atrás dos dois. Parece que já tinha entendido a outra parte da oração, a qual não tinha conseguido ler. O médico deu procedimento às suas explicações, falou algumas coisas de ordem técnica, que ninguém entende, mas, mesmo assim, dizem para manter o status quo, o *know how* das suas profissões. Fernanda lhe pediu que traduzisse em miúdos, ele lhe disse que, apesar do susto, seu estado clínico era bom: os exames não revelaram nenhum trauma e ela iria ficar em observação, mas era de extrema importância a presença da família na hora em que ela acordasse, recobrasse os sentidos. Abriu a porta do leito, onde a sua filha se encontrava: pronto, ali está a sua filha. Fernanda entrou com Robson, o médico saiu, tinha que ver outros pacientes. Chegou perto da filha, quase chorou, a vendo ali desacordada, lhe deu um beijo e falou afirmando para o universo para devolvê-la de novo: minha filha. Robson se emocionava ao ver a cena, já tinha visto tantas mães que perderam os seus filhos.

Onde ele morava, era sempre uma dor a avassalar o seu peito, mas, ali, ele via o encontro da mãe com a filha, depois de muita angústia vivida. Ele chegou perto de Andreia, lhe deu um beijo, e saiu da sala, deixando as duas sozinhas.

Fernanda olhava a sua filha com os olhos fechados. Estava com o rosto sereno e plácido. Parecia repousar numa escuridão profunda, acariciava os seus cabelos, fazia um cafuné amoroso de mãe e clamava para sua menina: volta, filha, mamãe está aqui, volta para mim, volta. Queria que ela acordasse, que a chamasse de mãe para sossegar de vez o seu coração.

Robson estava feliz também, foi respirar um pouco fora do hospital, sabia que Andreia iria acordar, e Fernanda, depois de toda essa vivência traumática, já estava passando por transformações. Pensou: algum dia ela vai ter coragem, e quando eu falar – Oxalá que nos proteja – ela irá dizer: axé. Deu uma risada gostosa e foi tomar um cafezinho.

Fernanda continuava fazendo carinho na filha, buscando fazê-la sentir o seu calor. Lembrou-se (e não sabia por que) da época em que a forçava a usar pregador no nariz. Andreia nunca gostou, não entendia o sentido daquilo. Sentiu, nesse momento, certa vergonha de si. Imaginou se o nariz de sua filha (com a maluquice que ela fez) ficasse afilado, igual ao de Rita Ferrenho, que parecia ter dificuldade de o ar entrar. Assim começou a perceber como os seus traços em sua filha a deixavam bonita e agradeceu aos céus por ela ter puxado às suas feições fenotípicas, à sua beleza.

Continuou fazendo carinho em Andreia, rogando para que ela voltasse ao seu colo, aos seus mimos de mãe: iria ficar perto de sua filha o tempo que fosse, até que ela abrisse os seus olhos brilhantes como diamante negro.

20

Mariá entrou com as filhas em casa, depois de ter vivenciado toda aquela ação desesperadora. Frêmito de caos e angústia. Falou para as meninas irem tomar banho. A água deixaria o peso da manhã descer pelo ralo. Seu pai já deveria estar voltando do ateliê para almoçar. Amira e Areta foram fazer o que sua mãe tinha ordenado. Depois Mariá escutou o celular tocando dentro da sua bolsa, buscou achá-lo naquele universo hermético, cheio das miudezas mais essenciais à vida de uma mulher. Demorou um tempo, (segundos aflitivos) procurando em seus compartimentos, ficou nervosa, balançou a bolsa e achou. (Oi, Manu, está bem, estamos esperando você, preto, beijo.) Manu lhe disse que estava preso no engarrafamento, por isso o atraso, mas já, já chegava. A vida seguia no frenesi descabido do dia.

Amira e Areta foram para os seus quartos, se desfizeram das mochilas – jogando-as na cama. Aí refizeram, em suas mentes, tudo o que ocorrera. A cena do atropelamento ainda estava viva, latente em seus pensamentos. será que ela morreu? Se interrogaram as duas. Não tinham certeza de nada. A última vez que viram Andreia, ela estava desacordada naquele chão, naquela pista fervente na frente da escola. Sentiram muita raiva de Ana Amarante. Amira refletia:

amanhã se for para a escola, vou ensinar uma lição àquela menina. Areta também: Ana Amarante tem que ser expulsa do colégio.

As duas tiveram a mesma ideia – ver se o vídeo ainda estava na internet. Foram aos seus *tablets*, entraram na grande rede virtual. Não o viram mais postado em nenhum *site*, perfil, nem na página da escola. será que tiraram? Pensaram as duas. Refletiram: tomara que sim. Mas era fato que não tinham encontrado nada. Sabiam que, com o ocorrido, já não era vantagem para Ana Amarante e Vinícius manterem aquele vídeo na rede. Fato. Pregaram essa afirmação à mente e foram tomar banho – antes que Mariá começasse a chamá-las.

Mariá estava aliviada, seus sentidos de mãe lhe fizeram tirar as suas filhas do perigo. Fora ver se o almoço já estava pronto. A diarista, que se chamava Silvana, mas era mais conhecida como Si, tinha feito uma quiabada. Ela afirmava que a quiabada deixava o corpo liso às coisas ruins, tudo que vinha de mal escorregava e caía por terra. Toda comida que ela fazia tinha um segredo, um ensinamento, alguma figa de proteção – continha sempre muito axé.

Mariá a admirava, buscava aprender sempre com os seus ensinamentos, com a sua oralidade natural. Com a sua culinária cheia de sabedoria ancestral. Mariá era madrinha de um dos seus filhos, patrocinava o estudo do menino no conservatório musical. Ele tinha muito talento, uma luz, uma gana que a historiadora enxergava: era igual à que ela tivera na adolescência, um brilhar nos olhos que possuía uma energia capaz de superar qualquer dificuldade.

Mariá também fora tomar banho. Se refrescar para pegar esse axé da quiabada de Si. A água já tinha tirado o peso das ações ocorridas com Amira e Areta. Estavam leves e sentiam o cheiro gostoso da comida. Amira se arrumou, foi ao quarto de Areta. Gostavam de estar sempre juntas. êi, irmã, se arruma rápido. Falou imperativamente. Areta estava colocando uma roupa confortável. Lembrou-se do professor que não conseguiu responder à sua pergunta. Se achou extremamente inteligente por causa disso. Pensaram na forma como iriam falar a Mariá do ocorrido, de maneira que ela não ficasse desesperada, e fosse à escola. Isso era do feitio do seu pai. Reconsiderou. Elas sabiam que era melhor contar, deixar a sua mãe e seu pai cientes de tudo. Era o certo. Eram inteligentes, tinham, em si, que elas mesmas conseguiam também resolver os seus problemas na escola. Aprenderam bem com os seus pais, com as conversas que ouvia de Madrugada, como lidar com os brancos. Apesar de serem muito novas. Elas já tinham uma soberba altivez, uma segurança, que foram passadas de Manu e Mariá para elas; a episteme afro lhes dava isso. Ademais, sabiam bem do mundo dos brancos e eles não entendiam nada do seu, visto que o véu do racismo os impede de compreender qualquer coisa. Os brancos vivem presos em seus claustros de barbaridades humanas, enxergando o câncer no seu próprio umbigo.

  Amira e Areta saíram dos seus quartos, foram para a sala, depois deram um beijo e pediram a bênção a Si. Sentiram mais forte o cheiro da quiabada, de que tanto gostavam. Mariá já tinha tomado banho e apareceu na sala também, explanou: seu pai está demorando, mas ele me ligou, está preso no trânsito. Amira olhou para ela e falou: tomara que ele chegue antes da chuva. Nesta hora, Si olhou para o céu fora da janela e assentiu: daqui a pouco chove mesmo, menina. Mariá olhou para Si e disse para as suas filhas: se Si falou que vai chover, aí que chove mesmo, tomara que seu pai chegue logo. Ela nunca erra essas coisas. Depois continuou: então, meninas, vamos ter que esperar Manu para comer, sentem-se e me contem o que ocorreu.

Amira e Areta se olharam – como se cada uma buscasse o fio da história – para narrar os fatos ocorridos. Foram reconstruindo as cenas de novo na cabeça e contando tudo o que houve com elas, e com Andreia, que descambou em seu atropelamento. Mariá entendia muito bem o que ocasionava aquilo, e sentiu orgulho de suas filhas, devido à postura tomada, viu que ela e Manu estavam no caminho certo na construção educacional de suas meninas.

Quando os dois as colocaram nesse colégio, sabiam que Amira e Areta poderiam passar por essas intempéries, por essas batalhas no seu cotidiano; por isso que davam outro tipo de educação, as fortaleciam em casa, salientando a importância da história, da cultura e da cosmogonia do seu povo. O ancestre e o contemporâneo preenchiam a consciência das suas meninas com toda a pujança civilizatória negra.

Mariá ficou apreensiva com a situação de Andreia. Já iria ligar para um advogado, amigo seu, para proibir a exibição do vídeo. Sentiu muita raiva. Amira e Areta lhe disseram que já tinham tirado da internet.

Ouviu o som do pneu de um carro, parando na frente de casa, era Manu. Ele abriu a porta de casa e foi logo ao encontro das suas filhas, checando se elas estavam bem: como vocês estão, minhas princesas? As meninas lhe afirmaram que estavam bem, ele as apertou, deu-lhes uns beijos, e depois em sua musa, Mariá. Perguntando se ela estava bem também. Ela o mandou ir lavar as mãos para almoçar. Manu deu um beijo em Si, e foi fazer o que Mariá tinha mandado.

Si colocou a comida à mesa, Manu chegou, rápido, e todos

se serviram. Amira e Areta pensavam em Andreia. Sentiram o cheiro gostoso da quiabada, bateram palma para Si, que estava sentada, servindo o seu prato. Manu, para descontrair mais, falou: hoje mau-olhado nenhum me pega, estou liso com esse ajeum de Si. As meninas, aí, começaram a comer logo para ficarem lisas, durante muito tempo, do olhar de maldição das pessoas daquela escola.

Manu estava curioso. Perguntou o que havia acontecido de fato com elas. Mariá explanou: você não quer saber depois do almoço, para não perder o apetite? Ele a olhou, disse: melhor... Não se pode estragar o ajeum. Mariá sabia que seu marido tinha o pavio curto. Ia se indignar, querer ir à escola, extravasar a sua raiva com a diretora.

Amira e Areta pensavam em visitar Andreia no hospital, Mariá já tinha pensado nisso também, mas não em levá-las, era melhor ficarem em casa, descansando. O almoço foi acabando prato por prato. Primeiro Manu, depois Amira, Areta, Si e Mariá. Elogiaram Si e agradeceram o ajeum. Em seguida, Manu pediu que elas lhe contassem tudo. Mariá lhe falou sem pormenores o que houve (o problema com Ana Amarante, o racismo da coordenadora e da diretora, o vídeo com Andreia, o seu acidente e o perigo de suas filhas). Ele se levantou da mesa, esbravejou: bem que quando as levei hoje senti um desassossego. Aquele maldito segurança! Mariá o olhou: que segurança? Ele se recobrou e falou: nada, preta, nada.

Areta disse que queria ir visitar Andreia, Amira também ratificou: não gosto muito dela, ela dizia amém a tudo que Ana Amarante falava, mas temos que vê-la. Mariá não queria levá-las. No entanto, era melhor fazer isso, elas não se sentiriam bem se não soubessem o estado da colega. Manu concordou. Si também disse: o que tem que ser feito não pode ser retrasado: faz mal para cabeça. Pronto. Todos, depois dessa frase de Si, estavam mais que decididos a ver Andreia, no hospital. Despediram-se de Si, saíram. Manu mandou Mariá pegar o carro dela, o dele ficara no ateliê. Amira e Areta se animaram. Mariá sempre afirmava para elas que não são todos que têm pais como ela e Manu, por isso tinham que buscar ajudar os seus pares, que se encontram mal orientados: os pais também podem orientar mal os filhos. Isso ocorre também. E os amigos servem para mostrar novos horizontes. De repente, essa é a hora de fazer isso. De demonstrar carinho a Andreia.

Manu, com as meninas, esperou Mariá sair da garagem e, nesse momento, lhes disse uma frase sobre o ocorrido: quando esfacelam a nossa identidade... O nosso corpo fica peco, murcho – frágil a qualquer atrocidade. Entenderam? Então, corpo forte e olhar... elas falaram: rente. Então, minhas princesas, andem para o carro de sua mãe, que já está ali na frente, vamos fortalecer a sua coleguinha. Os três entraram no carro. Pronto. Mariá deu a partida. com o que foi que vocês se divertiam? nada, minha mãe, meu pai só estava dizendo que temos que ajudar a fortalecer a cabeça de Andreia. Amira exclamou terrivelmente: se ela estiver viva, é, claro! Areta: que boca, Amira, que boca. Mariá ficou nervosa: você tem que ser mais otimista, Amira, não pode pensar de forma tão negativa assim. Desculpe, mãinha, é porque Andreia é muito chata, falo isso de brincadeira.

Mariá estava preocupada com a mãe de Andreia também, que deveria estar desesperada no hospital. Sempre é um canto agônico ao peito quando o filho sofre um acidente, seja de que gravidade for. Sempre é um amargor aflitivo no coração de uma mãe. Dizem que quando o filho sofre a mãe padece. É por aí mesmo. Iriam dar o apoio. O hospital não ficava muito longe da casa deles, e o trânsito tinha se descongestionado. Seguiam a viagem sem problemas.

    Manu perguntou se Mara, a irmã de Mariá, tinha dado notícias, se ela estava bem. Mariá disse que sim, que tinha recebido alguns e-mails dela. Olhou para as meninas e disse: sua tia mandou um grande beijo para vocês. As duas se alegraram. A tia era uma referência para as duas: jovem, inteligente e ousada. Influenciava Amira e Areta com o seu jeito aventureiro, carregado de uma subversão feminina e histórias de viagens fantásticas.

    Esqueceram a tia, e Amira tirou um chiclete do bolso e começou a mascá-lo, pensando em Ana Amarante. Queria dar o revide, de alguma forma. Ela sabia que Andreia queria, na verdade, chamar a atenção dela e de Areta, por não conseguir entender a forma como as duas eram e se portavam no colégio. Andreia estava totalmente imersa naquele mundo, tinha a lupa da branquitude a impedi-la de se enxergar como realmente era. Areta a observava: está pensando em quê, Amira? em Andreia, eu acho que ela morreu. Areta deu um muxoxo: que nada, sinto que ela está viva. deve estar, Areta, deve estar. Voltou a mastigar a sua goma de mascar e olhou a rua.

    Mariá, nessa hora, estava com o carro atrás de uma viatura. Manu já tinha sacado tudo: vão abordar aqueles dois moleques. Apontou a Mariá, e lhe pediu que diminuísse a velocidade. Os policiais pararam abruptamente o carro e saíram com arma em punho, xingando e mandando os garotos se encostarem à parede. Manu tinha observado algumas marcas de tinta nas sandálias dos garotos. Refletiu: provavelmente já tinha terminado algum serviço de pintura na casa de algum homem médio da região, e estavam indo para casa. Confirmou isso, pois, quando os policiais os fizeram, humilhantemente, abrir a mochila, jogando os seus pertences ao chão, viram pincéis, rolos, espátula e outros utensílios. Viu, no rosto dos garotos circunscritos, dois sentimentos: medo e ódio. Sendo o segundo mais pujante que o primeiro.

 Os policiais constataram que eles não tinham nada, entraram em suas viaturas bufantes, e foram em busca de algum outro suspeito, cuja cor, por pressuposição, sabemos que terá o tingir de melanina. Aí, Manu viu os moleques catando as suas ferramentas de trabalho no chão, colocando-as na mochila com o olhar cabisbaixo de quem fora ferido profundamente em sua dignidade, de quem teve dilacerada a sua negritude, tendo, como única condição de manterem as suas vidas, a inércia e o silêncio, diante da brutalidade vivenciada. Passaram por mais uma, terão mais outro dia para sobreviver a esse horror cotidiano.

 Manu se intumesceu de raiva vendo aquela ação perversa. Mariá o olhou, dando um sinal para se controlar. Amira e Areta viram toda a ação. As duas imaginaram que seu pai já devia ter passado por uma situação semelhante, devido ao seu estado de indignação. Amira gostava quando ele ficava assim; de certa forma, ele a ensinava a se revoltar contra as injustiças. Aprendera, com seu pai, que não existe conforto diante das atrocidades humanas. Nunca deverá haver, pois, se isso ocorrer, estaremos sendo tão bárbaros quanto quem comete a ação atroz. Por isso que, quando os policiais entraram no carro e saíram arrastando as suas arbitrariedades, Amira exclamou tão naturalmente: filhos da puta. Mariá (que tinha parado o carro de maneira discreta para observar até que ponto iria chegar aquela ação) tomou um susto, perguntou se era usual esse palavrão em sua boca. Manu deu risada. deixe a menina, Mariá. Recebeu um olhar de viés de zanga, se arrependeu até de tê-la repreendido. Mariá olhou para Amira e lhe disse: a próxima vez que eu a vir falando assim, você vai desejar ter nascido numa família de brancos, menina. Entendeu?! Amira disse que sim. Manu quase fez menção de dar risada, se segurou. Depois ouviu de Mariá: não vá na onda do seu pai, que xinga todo mundo. Areta dava risada da situação, e sentia que essas relações iam formando as duas. Elas viam na realidade os fenômenos e os seus pais que, de um jeito bastante simples, iam destrinchando, lhes mostrando como as arbitrariedades ocorriam, e com quem ocorriam: tudo era muito bem demarcado, explicitado em suas ações, e em seus posicionamentos e análises. A forma com que os dois passavam os ensinamentos era assim. Vivencial com análise teórica e interpretação histórica. Mariá dizia: lhes dou as ferramentas e as armas para vocês se defenderem, é necessário que vocês aprendam a manejá-las e isso ocorre por meio da educação. Amira não gostava muito desse papo sobre educação, gostava das histórias de aventuras e viagens de sua tia, Mara. Mas sabia que sua mãe tinha razão, ela sempre tinha.

  Mariá parou o carro numa sinaleira, Manu escutou a sirene da viatura, cortando em velocidade uma rua. Sentia seu coração gelar. Ele afirmava que uma coisa boa que ocorreu com a idade foi a diminuição da suspeita e da perseguição policial com ele. Ela é mais acintosa com os jovens negros. Ele já estava com quarenta anos, já não ocorria tanto, mas até mais ou menos uns trinta e dois, trinta e três ocorria de maneira mais direta.

  O sinal verde deu passagem, o carro seguiu. Mariá era meticulosa na condução do veículo, como fora na construção de sua vida. Manu era um universo de sensibilidade: apreendia o mundo por esse viés, o que ela amava. Era necessário que ela tivesse mais razão nas coisas, para botar ordem na casa. Completavam-se os dois. Manu extraía por meio de um contato bruto com a realidade os seus quadros sentimentais. Mariá já era uma intelectual inventiva, entendia a época, e buscava iluminá-la com análises inovadoras.

Manu observava que as suas filhas apreendiam tudo, de forma muito rápida, eram meninas "para a frente". O que o orgulhava tremendamente. Ele e Mariá se viam nas filhas, mas sabiam que elas seriam muito maiores que eles. Seriam avanços geniais, continuações de suas histórias. Era assim que os dois pensavam. O veículo seguia, de certa forma já estavam acostumados a viver essas cenas urbanas, mas faziam questão de demonstrar às filhas que isso não era natural, demonstravam sempre a carapaça hedionda dessas manifestações correntes na sociedade contra os negros. Inferindo em suas dignidades. Manu dizia sempre que nunca se conformou com a cidadania de quinta categoria que os brancos e as suas arregimentações sociais, políticas queriam delegar a ele e a todo o seu povo. Era um negro brasileiro íntegro, nunca se iria sujeitar a categorias inferiores, a escamoteações de sua negritude, de seus direitos enquanto filho desse país. Por isso vivia sempre em estado de revolta. Corpo em ebulição. Pois via, a cada momento, a tentativa atroz de sujeitá-lo a categorias menores, e isso ele não permitia.

Mariá já via um prédio grande, o hospital. Foi procurar um local para estacionar. Amira e Areta se sentiam um pouco ansiosas. Manu estava preocupado em ajudar no que fosse. Sabia que o fruto da possível tragédia da menina Andreia tinha o enlodo doentio do racismo. Mariá conseguiu achar uma vaga, estacionou o carro. Pronto, chegamos. Falou. Todos saíram do automóvel. Manu olhou para Amira e Areta: então... tudo certo com vocês? sim, meu pai. Responderam as duas. Depois, ele viu o seu amigo Robson, tomando um café na entrada do hospital. Conhecia-o de tempos antigos, grande tocador de timbau. Mostrou-o a Mariá, dizendo-lhe: olha quem está ali, preta. Ela viu o motorista – já fazia anos que não se encontravam. Amira e Areta também o conheciam e falaram: ele é o motorista de Andreia. Manu ficou surpreso, não sabia que estava trabalhando nessa função agora. Todos foram ao encontro de Robson, ele sorriu ao ver Manu e Mariá com as suas filhas. Depois falou: olha se não é o casal mais bonito e com as filhas mais lindas da Bahia. Manu e Mariá sorriram, os dois lhe deram um abraço, depois ele foi ver as meninas, já as tinha visto no colégio, mas não sabia que eram filhas de Mariá e Manu. são lindas, Manu. Reafirmou, encantado.

    A alegria do encontro quebrou um pouco a aflição, que a atmosfera de um hospital transparece. Madrugada afirmava: os encontros entre pretos são sempre uma festa, o coração ri com os lábios e os abraços nos enternecem. Era o que estava ocorrendo naquele momento. Confluir de admiração, de ternura em uma situação difícil. Amalgamar do belo diante da dor, para superar as intempéries vivenciadas.

    Feitos os cumprimentos, Mariá perguntou para Robson como estava Andreia, se tinha acontecido algo de muito grave, e se suas filhas poderiam vê-la. Amira lhe perguntou se ela tinha morrido. O motorista sorriu, disse que não, mas que ela se encontrava desacordada. em coma? Perguntou Manu. Robson refletiu e afirmou: não, o médico disse que deve ser algo de ordem psicológica. Que seria boa a aproximação de todos que lhe pudessem trazer carinho. Mariá assim ordenou: então vamos entrar. A gente fica na sala da recepcionista e você vai lá falar com a mãe de Andreia sobre a nossa visita. Entraram. Mariá e Manu aconchegaram as meninas em cadeiras na recepção e Robson foi falar com Fernanda.

Robson bateu na porta. Entrou. Fernanda não ouviu. Estava entretida no acariciar do rosto de Andreia e rogando para que a sua filha acordasse. Ele se aproximou dela, tocou no seu ombro, ela se assustou. Ele lhe pediu desculpas e falou que havia umas colegas de Andreia que queriam visitá-la. Que seria bom para ela. Falou ainda que os pais das meninas também as estavam acompanhando. Vieram prestar solidariedade, sabem o quanto é difícil nesse momento. Fernanda olhou com os olhos embotados em tristeza e perguntou quem era. Robson não quis explicar e afirmou que era melhor que ela visse.

Fernanda foi ver, andava nos corredores imaginando quem seriam essas visitas, praticamente não conhecia muita gente, os pais dos outros alunos no colégio, estava surpresa. A angústia era grande e transposta em sua face, mas buscou se recuperar no corredor do hospital até chegar à sala da recepção. Não era fácil se recobrar do baque para ser sociável, mas conseguiu juntar os fragmentos emocionais – já chegando à sala. Robson lhe mostrou Mariá, Amira, Areta e Manu, que já se levantaram para cumprimentá-la. Fernanda sentiu um pouco de inveja, uma sensação de estranhamento, nunca houvera pensado em constituir uma relação, uma família com outro negro; de repente, aparece em sua frente, no momento mais difícil de sua vida, uma família na qual ela viu beleza, uma altivez, que parecia estar acima das interdições do mundo dos brancos, uma segurança que era transposta dos pais às filhas; observava isso nos mínimos gestos, que, para ela, eram novos gestos, novos movimentos, nova postura, e se indagou: como se produziram esses pretos nesse mundo? Nessa hora, Robson já lhe havia apresentado, de modo que a indagação acima se desmantelou no abraço que Mariá lhe deu, se sentiu aconchegada em seus braços, como se estivesse voltando a sua terra natal, se lembrou do ensinamento de sua mãe: a terra que pisamos com os nossos pés é a que nos acode quando não temos mais chão. Chorou. Depois beijou emocionada Amira e Areta (elas são lindas). Abraçou Manu e disse: vamos lá ver a minha filha.

Amira e Areta ficaram surpresas, pensaram que Fernanda não fosse legal, devido ao comportamento de sua filha, na escola. Perceberam a emoção que a tomava. O momento faz o sentir certo e o agir correto. Mariá sabia que qualquer mãe, nessa hora, deseja atos que a consolem mais do que qualquer palavra, por isso a abraçou com muita força, agregou o seu corpo ao dela – transpassando axé.

Manu a abraçou e sentiu a aflição de uma mãe desesperada, sentiu certo tremor em seu corpo e beijou a sua bochecha em sinal de afeto. Ele entendeu que Fernanda era uma mulher que muito pouca afeição deveria ter sentido na vida, nenhuma relação profunda que a fizesse se sentir plena. Mariá sempre dizia: os dengos são tesouros muitas vezes obliterados à mulher negra. O racismo e o machismo corroboram para isso, para a não construção sadia das relações afetivas.

Óbvio que Fernanda não sabia disso, pensara que fosse uma imposição do seu destino; afinal, tinha a sua filha para cuidar, pensava que essa era a sua missão, mas, ao ver Manu e Mariá, sentiu uma solidão profunda, algo remoeu em seu coração, o sentimento transposto nos dois lhe mostrou que não tinha vivido ou construído algo, além de sua filha, que valesse a pena, nada de belo, que a fizesse se sentir uma mulher amada no mundo. eles são perfeitos. Pensava consigo ao ver Manu segurando a mão de Mariá, quando ela os convidou para irem à sala em que Andreia se encontrava.

Foram todos. Areta andava olhando os corredores, os médicos com jalecos brancos e peles mais brancas ainda, resolveu se esquecer disso, se concentrou em dar as suas passadas com Amira em direção à sala, precisava fortalecer Andreia, como seu pai tinha dito.

Fernanda estava andando na frente, ao ir se aproximando da filha, ficava feliz e angustiada. Pensava: A visita das meninas pode fazê-la acordar. Depois, já à frente do leito falou: é aqui.

Entraram Fernanda, Mariá, Amira e Areta. Manu ficou conversando um pouco com Robson do lado de fora da sala: nessa hora, é bom deixá-las irem primeiro, sabem consolar melhor, possuem palavras mais ternas. Falou Manu. Robson respondeu: é bom dar mais um tempinho mesmo.

Fernanda foi logo para perto de Andreia, as lágrimas vertiam muitas, ao mesmo tempo que ficava pedindo que sua filha voltasse. Mariá segurava em seu ombro, buscava deixá-la calma. Areta e Amira se aproximaram e enxergaram Andreia com os olhos fechados. ela está dormindo. Pensou Amira. Areta se fixou nos seus olhos, viu que eles se mexiam, pareciam estar incomodados com a luz do quarto. Remexiam-se buscando força para voltar ao clarão da vida. Iam reunindo energia para fazer as pálpebras levantarem. Areta observava, queria ser a primeira a ver os seus olhos se abrirem, para dar notícia à mãe, que estava desesperada. Amira ficava irritada: por que ela não acorda logo? tsc. Areta reprimia Amira com os olhos, e voltava a observar os olhos de Andreia, que se abriram. Areta sorriu e alardeou: ela abriu os olhos! Ela acordou! Amira falou: até que enfim. Fernanda chegou mais perto da filha, chorou de felicidade. Manu e Robson escutaram o grito de Areta e entraram também, os dois sentiram um alívio tremendo. Robson explanou: é o axé das mulheres, Manu. Crente em sua afirmação. É isso, Robson, é isso.

    As duas irmãs olharam alegres para ela, viram que algo tinha mudado: já não parecia a mesma Andreia, ao falar para a sua mãe que queria ser chamada de Aina. Manu, Robson e Mariá sabiam que isso era uma dijina, e ficaram felizes com Fernanda ao confirmá-la: Aina, minha filha. O médico entrou na sala, viu Fernanda ajoelhada – agradecendo aos deuses e deusas.

    Observou que a paciente tinha acordado, disse que não poderia ter muita gente na sala, pediu a todos que saíssem, iria reavaliar a sua recuperação. Todos saíram. Fernanda não queria se afastar da filha, mas Mariá a convenceu. Foram para a recepção, Robson conseguiu café, menos para Amira e Areta que não quiseram. Mariá e Fernanda foram estreitando a amizade, falando das idiossincrasias de suas filhas. Papo de mãe. Tudo ia se ajeitando e a melhora de Aina fora fortalecendo e unindo a todos.

    O médico olhava o estado de Aina, avaliava os exames feitos, nada de grave foi constatado, só algumas escoriações em decorrência da queda que teve. Aina falou de forma confusa o que houve: da freada do motorista em cima dela, depois disso, o choque e o apagão: não se lembrando de mais nada.

    Ela disse ao médico que queria ir embora, estava bem, e em sua casa iria recuperar-se mais rápido, queria ficar com a sua mãe. O médico não viu problema e foi comunicar a alta da filha à mãe e a todos. Fernanda ficou radiante, não poderia acontecer algo melhor para ela. Assim, foi ver a filha, a preparou: vestiu a sua roupa com muito carinho para ir embora, em mimos de afeto e dengo: tá bom, mãinha, não vou morrer mais, estou aqui. Assim, as duas saíram logo da sala em que Aina estava internada. Ela mancava um pouco.

Robson achou que foi um milagre de Olorum, considerando o relato do acidente feito por Rita Ferrenho. O médico também achou que ela teve muita sorte. A condição de que algo supremo a protegeu interpelava a todos. Aina, assim, se encaminhou na recepção, viu Amira e Areta, deu um abraço fraterno nas duas. Amira disse: chega, chega, não gosto de grude. Todos riram alegres. E foram saindo do hospital, chegando logo ao estacionamento. Aí, Mariá deu um beijo de mãe em Aina, disse que ela seria bem-vinda em sua casa. Manu ratificou; Amira e Areta também. Ela entrou no carro, se sentido querida: pela primeira vez, sentiu, de fato, que estava entre os seus. Sentimento de pertencimento no peito. Fernanda agradeceu a todos. A volta da filha lhe fez renascer para uma nova realidade. Lembrou de novo da frase de sua mãe, sorriu deixando um beijo a todos, que já entravam em seus respectivos carros; uma comunhão de sentires se formou entre eles, e todos seguiram aparentemente para as suas casas.

21

Madrugada acordou afoito. Efeito do pesadelo. Ligou para Manu, queria falar sobre o seu onírico assustador e saber se as meninas estavam bem. Telefonou para a sua casa. Si lhe disse que todos tinham ido para o hospital. será que é uma premonição? Se preocupou. Discou para o celular do artista plástico.

Manu estava dentro do automóvel, com toda a sua família, após dizer as últimas palavras e gestos de despedidas para Fernanda, Aina e Robson. Ele não sentia o vibrar magnético do seu celular. Amira avisou, cutucando-o. Mas ele se atinha a umas nuvens feéricas no céu. Criavam-se, aí, imagens pictóricas em sua cabeça. Tinha dessas. Mariá arrancou o carro, buzinou, dando um tchau para Robson e saiu em direção à sua casa.

Madrugada estava aflito. Manu não atendia. Pensou que havia acontecido algo de ruim com Amira e Areta. Tentou afastar esse pensamento e lhe veio um verso à cabeça: "sonhos são brumas que indicam o futuro esvoaçado". Não gostou do verso, buscou esquecê-lo e depois falou, com certa impaciência: atenda, sacana. Si não havia transmitido todas as informações sobre o que ocorrera: somente pedaços soltos dos fatos, aí se criou um todo catastrófico, e ele ficou angustiado.

Mariá dirigia o carro; ouviu também o celular de Manu vibrando. Ela não entendia como ele não o sentia vibrar, em íons cancerígenos, pinicando-lhe a pele. olha quem é, preto, está surdo? Manu se assustou, abandonou as nuvens, colocou a mão no bolso, pegou o aparelho: é Madrugada! Exclamou, olhando para todas no carro; atendeu: Oi, poeta!

Rodrigo Madrugada ficou alegre ao ouvir a voz de seu amigo, lhe perguntou o que estava acontecendo: que história é essa de hospital?! Escutou as explicações do artista plástico, sentiu alívio no peito. Desfez-se o nó, o aperto. Manu pediu que as meninas dessem um oi para ele no telefone: oi, tio Madrugada. Ele assim se deu por convencido – estava tudo bem. Desconstruiu a sensação do sonho com os fatos da realidade. Manu lhe perguntou por que estava aflito, apesar de saber que o grande poeta tinha os seus pressentimentos também. Madrugada lhe falou um pouco sobre o pesadelo que tivera, mas que era só uma sensação besta, e depois lhe explicava melhor. (tchau, poeta. até, Manu, mais tarde nos falamos.) Foram as suas últimas palavras ao desligarem o telefone.

Em seguida, o celular de Mariá tocou, e se entreouviu uma música que vinha do interior da sua bolsa. Amira soltou um muxoxo, sua mãe lhe mandou pegar o aparelho. Ela passou um bom tempo tentando achá-lo naquela imensidão de misteriosos objetos femininos. Mariá pressupôs: deve ser Mara.

Mara, nesse momento, já tinha conseguido imprimir o texto "A menina bela", que Mariá havia lhe enviado por e-mail – deu uma boa aula na comunidade quilombola. Os estudantes se identificaram com a história, conseguiu promover debate sobre a identidade negra e a África. Foi realmente proveitoso. Passou os ensinamentos e aprendeu muito com eles. Por isso, ligou para falar com a irmã, além de ter sentido, depois da aula, certo aperto ao peito, seguido da imagem das sobrinhas. Preocupação. Imediatamente ligou e ficou muito irrequieta com a demora: a irmã não atendia, embora soubesse da sua lentidão, devido à dificuldade que tinha de achar o celular em sua própria bolsa.

Amira, nessa hora, já tinha aberto a bolsa de Mariá e olhava os seus compartimentos labirínticos. Poxa, minha mãe, tem coisa aqui, viu! Exclamou. A historiadora a olhou de forma imperativa: vamos, menina, deixe de reclamar, ache logo isso. Um dia você vai entender que uma mulher precisa carregar muitos objetos, em seu dia a dia, para não passar aperto. Amira continuou a sua busca, se orientou pelo toque do celular, achou. achei, mãinha, é a minha tia, Mara, mesmo. Atendeu: oi, tia, a bênção.

Mara ficou radiante ao ouvir a voz da sua sobrinha: que Oxalá lhe abençoe, minha linda, está tudo bem com vocês? Areta também queria falar com ela: estava quase tomando o celular de Amira, quando ela lhe deu: bênção, minha tia, tudo bem com a senhora?

Mara ficou mais radiante ainda, pensava: estão bem. Depois falou: que Oxalá lhe abençoe, minha flor. Cadê a sua mãe? Areta olhou para Mariá e disse: ela está dirigindo, por isso que nós atendemos. Amira falava no ouvido de Areta: diz pra ela trazer um presente pra mim quando voltar. escutou, tia? Falou Areta.

Mara já conhecia as sobrinhas, faziam sempre uma grande festa quando se encontravam: diga a Amira que vou levar uma arte do quilombo para vocês duas, uma vara de amarração para vocês aprenderem a fazer casa de taipa. Areta: oxi, tia. Riram as duas. Depois disse: agradeça a sua mãe pelo texto, que já usei na aula hoje.

Mariá, nesse momento, parou o carro. Pediu o celular a

Areta e falou com a irmã: então, sua maluca, não fique muito tempo sem me dar notícias, eu fico preocupada, você sabe. Desculpe, mana, é o trabalho. Explanou Mara. quando volta? indagou Mariá. daqui a um mês, mais ou menos, devo voltar pra Salvador, resolver umas burocracias – consegui uma bolsa para fazer o mestrado numa universidade em Lagos, na Nigéria. Quero ver de perto o que você falou sobre a perspectiva africana. Horizonte epistemológico que a seduzia.

Mariá se assoberbou em alegria: meninas e Manu, comunicado importante: Mara vai fazer mestrado na Nigéria! Amira e Areta ficaram felizes, sabiam que sua tia iria para um lugar onde queria estar, ao mesmo tempo que ficaram tristes – iriam estender-se as distâncias entre elas. Manu olhou para Mariá, disse: é uma boa. É um reencontro com o que já foi e é, e o desencontro com o que é e não foi. Mariá olhou para ele e disse: você está igual ao Madrugada, né, preto? Cheio de sentenças. Ele já tinha exposto em Lagos e foi exatamente isso que sentiu e depreendeu de lá.

Mariá sabia que a decisão da irmã estava relacionada com uma conversa que teve, num desses momentos de aperto em que o peso das atrocidades raciais recaiu sobre ela na soterópolis baiana: Mara havia se deparado (havia um tempo), quando tinha terminado de entrar na graduação, com uma ação perversa num *shopping* de Salvador; havia sentido O horror da negação da sua negritude, não que não estivesse preparada para retrucar, mas existem dias em que o racismo nos afeta de forma mais pungente, quebra o nosso corpo por um instante, de maneira que temos que refazê-la rapidamente para enfrentar as suas ignomínias. E foi exatamente em um desses dias que Mariá lhe mostrou uma perspectiva extremamente africana de enxergar o homem europeu: era só mudar o ponto de vista, colocar a lupa dos nossos olhos e a história ganhava uma nova cor: você sabia, mana, que, quando os europeus chegaram ao continente africano, os vários povos que lá existiam os acharam extremamente deseducados? Mara: como assim, irmã? Mariá: veja bem, eles não respeitavam os mais velhos, não se ajoelhavam, ou melhor, não os reverenciavam ao conversarem com eles, não tinham respeito algum; além disso, cortavam as árvores sagradas com o deszelo dos ignorantes, cobriam o corpo, indicando que tinham alguma doença de pele. Calçavam botas e sapatos, que sugeriam que não tinham dedos, demostravam ter os pés quase redondos, na verdade, de lua achatada. Risos de Mara: é mesmo, irmã? Mariá: é sim, mana; além disso, para esses africanos ancestres, os europeus pareciam macacos, sim, macacos, pois eram peludos e não tinham lábios. é verdade... Pensava Mara, e depois perguntou: e o cheiro, Mana, que exalavam, já que passavam mais de três meses dentro de um navio? Mariá imaginou um pouco, buscando a imagem olfativa da situação e respondeu: eles, verdadeiramente, mana, fediam a cadáver, exalavam um odor de morte, era como se estivessem lidando com homens mortos literalmente.

Mara refletia, parecia degustar todas as ideias que sua irmã mais velha lhe dava, depois de ter passado pelo total desassossego; posteriormente ouviu, ainda, Mariá dizer: então, mana, temos que entender os vários pontos de vista e olhar o mundo através dos nossos olhos, se a gente for ver através das vistas deles, ficamos fracas, quebram a nossa mente, esfacelam a nossa identidade.

Depois desse dia, Mara entendeu tudo, reaprendeu a olhar o mundo. Tinha as armas necessárias para viver, sem ser assimilada pelo que a desconstruía, constituiu um espírito forte, e estava preparada para as intempéries da vida, como para o gozo de sua felicidade.

Todas essas lembranças foram reconstruídas em segundos, na dialogia do telefonema. E estavam sendo coroadas com o pleito – a bolsa para estudar na universidade, em Lagos, na Nigéria.

Assim, as duas se despediram. Mara deixou um beijo a todos, mas, antes, Manu repetiu o ensinamento para ela, sobre o que iria encontrar: é um reencontro com o que já foi e é, e o desencontro com o que é e não foi. Entendeu? Grave isso e depois me conte. Mara: está bom, Manu, senhor do meu destino. Deram risada. O nosso Basquiat brasileiro se divertia, fazendo essas brincadeiras, charadas de conhecimento. De desvelamento do futuro. Era mais velho e já tinha viajado boa parte do mundo, com o seu trabalho. Ele adorava fazer essas brincadeiras de cunhado com Mara. Ela se divertia também. Não ligava para as suas perturbações, falou uma última coisa e desligou o telefone com tchaus e beijos.

Aina, após ter sentido o carinho de todos, quando estavam se despedindo, se aconchegou pensativa no carro. Sua mãe colocou a cabeça dela no colo, e Robson já dirigia o automóvel, depois de ouvir a buzina, em despedida, que Mariá lhe dera. Aina pensava na avó, no sonho que teve. Fernanda acariciava os seus cabelos. Dengo necessário. Tudo parecia entrar nos eixos. O furacão que flamejava em seus pés já tinha se abrandado. E o seu espírito se tornou água corrente no bom curso da vida de novo.

Aina sabia, teria que seguir o mapa transposto no seu sonho, e logo sentia uma grande necessidade de ir ao terreiro de sua avó. Afã imediato que a tomou no carro. Olhou para Fernanda: mãinha, tenho que ir à roça de vovó. Fernanda tomou um susto, pestanejou: você precisa ir para casa se recuperar, minha filha. Aina: eu tenho que me recuperar lá, tem que ser assim, mãinha. O sopro do destino ela já dera. Robson observou as duas: senhora, talvez seja melhor assim; pisar na terra em que os seus mais velhos pisaram, faz sempre bem. Fernanda ouviu essa frase, parecia que a sua mãe estava falando através de Robson, decidiu: está bem, segue para o terreiro. Já fiquei contra a minha mãe em vida, não vou ficar agora que já está em outro plano. Antes que ela puxe o meu pé, né, mãinha! Exclamou para o universo e sorriu, dando um beijo na filha.

Madrugada, nessa hora, estava em casa, tomava um café, e exauria a fumaça de um cigarro, criando um verso: o outro mundo tem deste, como este tem do outro mundo – vidas.

Mariá ainda dirigia o carro, ouviu uma pergunta de Areta: por que Andreia acordou querendo ser chamada por outro nome? Manu e Mariá se olharam, buscando uma resposta. Sinuca de bico. Manu atinou: então, meninas, existem coisas que são nossas e estão guardadas no profundo da nossa existência, como uma pérola dentro de uma concha, entendem? Que em momentos difíceis se mostram com beleza e verdade. Mariá completou: não complique, preto, talvez seja a dijina, nome que o iniciado no candomblé assume após ter passado pelos rituais. Ela já deveria ter passado pelo ritual de iniciação quando era mais nova. Sua avó deve ter feito. Mas existem, minhas flores, mistérios que são maiores que os fatos. Entenderam? sim, mãinha. Falou Areta. E depois ouviu de Amira: eu já sabia.

Robson, nesse momento, já seguia em direção ao terreiro, estava impressionado com os contornos que iam tomando as coisas. Ele sabia que as duas eram de uma família tradicional no Axé, apesar de Fernanda ter tentado se afastar o tempo todo, mas o motorista a observava pelo espelho e sentia que ela estava alegre. Voltar ao que se é é uma bênção. Pensava. Era um sábio popular, via o correr da vida, e tinha sempre toques que elucidavam as existências.

Aina estava alegre também, sabia que fazia a coisa certa,

seguia o coração e o que o pulsar da tradição mandava. Espécie de chamamento interior. O sonho tinha lhe dado o conhecimento oculto, e o sentimento fazia o sangue circular pelo seu corpo, para fazer seu coração bater feito um tambor dentro do peito.

A chuva, que tanto pendia, começou a cair. Mariá falava no carro, já não muito longe de casa: Si nunca erra, impressionante. Não despencou com muita força o rio que pendia sobre as suas cabeças. A chuva veio plácida e confortável, só para arrefecer o espírito.

Madrugada, em casa, escutou o som da chuva, foi olhar da janela. Tinha uma bela vista do Pelourinho, via seus casarões antigos e igrejas barrocas, sendo molhados pela chuva. Via mais do que isso também, se atinha aos seus transeuntes pequenos ao horizonte, mas grandes no espírito, cortando ruas com os seus gingados, passos firmes e suaves de uma capoeira natural, de que quase todos parecem já nascer sabendo; condição necessária para pisar sobre aqueles paralelepípedos com reverência, visto que jazem sob eles os corpos dos ancestrais mortos na escravidão. Grilhão atroz. Tudo isso trouxe inspiração para o poeta, de maneira que foi arrebatado pelo momento iluminador. O afã poético. Tudo aquilo lhe fez aparecer, como um milagre, um poema inteiro na cabeça. Ele anotou em seu caderninho e lhe deu o nome de Tumba: *A metafísica dos corpos pretos que jazem sob as pedras de paralelepípedos do Pelourinho: não é lírica, é seca, é pétrea.*

Mariá já estava perto de casa. Algumas ruas a mais e estariam em seu condomínio. Via que Amira e Areta estavam cansadas. O dia foi difícil. Sentiu que havia algo profundo nos acontecimentos do dia. Talvez relações empáticas. Ou histórias que vinham do mesmo tronco ancestral, que pareciam ter um entrelaço de afeto muito poderoso. Pensava em Aina. E seria mais uma mãe para ela. Uma vez, num terreiro de Angola, um preto velho lhe disse: um filho da tribo – todos são pais e mães. Compreendeu profundamente esse ensinamento, pois cresceu vendo-o ser posto em prática por várias mulheres, na sua infância, na periferia.

Robson já chegava ao terreiro: estamos próximos. Falou. Aina se levantou, sentiu a mesma sensação de quando estava chegando ao mocambo do sonho. Estava feliz. O motorista estacionou à porta. Sônia, sábia mãe de santo do terreiro, já estava esperando. Robson ajudou Aina a sair do carro. Fernanda fazia reminiscência da infância, das festas e cerimônias de que participou acompanhada de sua mãe. Robson era também chegado da casa. E escutou logo a voz de Carlota. Os dois se cumprimentaram, pedindo a bênção. A bênção já estava concedida pelos orixás ou inquices que faziam as suas cabeças. Ela era ekedi do terreiro, já tinha sido instruída a cuidar de Aina e de sua mãe. Aina entrou no barracão, se sentiu em casa. Dizem que Exu pode se sentir preso dentro de um palácio grandioso, como confortável dentro de um caroço de amêndoa. A questão é estar no local em que se deseja estar, e Aina estava onde queria.

Ana Amarante, nessa hora, estava em sua residência. Ainda se lembrava do olhar poderoso de Aina. Teve traços de medo. Não entendeu o que era, mas via que era algo forte. Já tinha visto esses traços, transpostos na face de sua mãe. Ela, fora da realidade elitista em que vivia no seu condomínio de luxo, em Salvador, se sentia em extrema fobia, perdia o chão neurótico do seu camarote vivencial. Assim, Ana Amarante gritou, deitada em seu quarto: eu não tenho medo de nada! Rolou de um lado para o outro. Buscou esquecer a temeridade que a afetava. Pensou em seu pai. Godofredo Amarante tinha lhe dito que já havia comprado as passagens para o Rio de

Janeiro. Ela iria viajar na manhã seguinte, iria assistir ao show de uma dessas bandas *teens*, de jovens norte-americanos, que dançam com coreografias hollywoodianas e cantam em mímica de *playback*. Tinha o seu sossego comprado e a diversão em dia. Depois falou para si: que se dane Andreia, ela mereceu. Adormeceu ansiosa para que chegasse o dia seguinte.

Mariá, nessa hora, já estava estacionando o carro na garagem. Falou: pronto, garotas, estamos em casa. Amira e Areta tinham tirado um cochilo. Acordaram. Estavam cansadas. O dia tinha sido denso, mas parecia que tudo estava terminando bem. O aperto havia passado. Elas sabiam que agregaram comunhão, fizeram entrelaçar os seus laços aos de Aina. Manu foi entrando em casa com elas, lhes disse, em seguida, para irem tomar banho, trocar a roupa que tinha o peso do hospital. Depois ele deu um beijo em Mariá, e refletiu: preta, os tipos de negros que existem no mundo são diversos, mas existem dois... Mariá viu aí o brilho de alguma teoria em seus olhos. Uma definição singular. Continuou: um, que está ligado à sua raiz anímica, à sua história; outro que se encontra desprendido (se lembrou da nuvem feérica que tinha observado) como um pedaço de nuvem perdida no céu, sem forças para se juntar a outro pedaço e formar um todo expresso para molhar, fertilizar o chão – fazer nascer uma flor. Nós somos os da primeira categoria e hoje vimos uma garota buscando o entrelaço com a sua ancestralidade, procurando alcançar a beleza de sua vida. Vimos o belo expresso em seus atos. Mas nunca é fácil fazer brotar orquídeas neste mundo, né, preta? Mas perseveramos... Mariá lhe retribuiu o beijo e completou a frase: juntos. Ela não gostava muito de categorização, dizer que isso é isso exclui muito do que se é, pensava. Mas ela adorava a forma como o seu marido ia expondo os seus pensamentos, sempre carregados de sensibilidade. As invenções do pensamento artístico sempre a seduziram.

Aina, dentro do barracão, se sentia segura. Fernanda, também, estava sossegada. As duas observaram a mametu Sonia: ela vinha andando – passos sábios de anciã – aos seus encontros. Aina e sua mãe lhe pediram a bênção, beijaram a sua mão e tiveram as suas beijadas em apreço de muito aconchego e axé. Elas sentiram o dengo sábio do seu gesto, depois ouviram as primeiras palavras da mametu: eu já as esperava, minhas filhas, o quarto está preparado para o descanso da menina. Depois, se sentou em uma cadeira, com movimentos lentos e nobres. Olhou (investida de poder e com a sabedoria plácida dos antepassados) as ekedis, ordenando-lhes que levassem Aina para descansar – ser cuidada no quarto. Fernanda entendia que tudo estava posto: os gestos e o silêncio da mametu Sônia lhe davam conforto, lhe traziam consolação. Ela sabia que a sua filha estava onde deveria estar. Não haveria outro local no mundo para o seu renascimento, para curar as suas feridas e fortalecer o seu espírito, a não ser onde a sua avó sambou, trabalhou, rezou, amou, cozinhou e, agora, era a ancestre encantada a cuidar da neta.

O dia foi, assim, se esvaindo, a chuva tinha cessado – levado as nuvens. A luz do pôr do sol já transparecia em beleza aos olhos de Amira e Areta. Elas observavam – da varanda de sua casa – os raios translúcidos da Bahia de Todos os Santos. Eles iam coroando à noite, que vinha com o seu encanto de aconchego sereno. Manu e Mariá também se juntaram às filhas, para observarem o horizonte; beijaram as suas pequenas e se sentaram ao lado delas. Madrugada fitava também, em sua casa, aqueles raios a pintarem de ouro os casarões do Pelourinho, trazendo consigo, de longe, o som do tambor, som que vinha com o vento, tocando-o como versos a cair em seu espírito. Aina e Fernanda, no terreiro, ouviam o canto de algumas cigarras e olhavam pela janela. A janela dava para uma mata, com pés imponentes de mangueira e jaqueira, a terem as suas folhas coloridas pela luz crepuscular. Robson estava embaixo de um abacateiro e enxergou um feixe de luz, fazendo brilhar o focinho de um cachorro que brincava. Já Mara estava em um monte, um pouco acima da comunidade quilombola, enxergava o fino rosa da luz do final do dia e uma primeira estrela que já espalhava o seu brilho no céu. Todos se sentiam conectados com algo maior, maior que as asperezas vividas no dia, que poderiam chamar de Belo. Assim, à noite foi calmamente cobrindo os seus corpos com o negrume, com a luz negra, com o axé.

Esta obra foi composta em Arno pro light 13 para a Editora Malê
e impressa na gráfica PSI em São Paulo em setembro de 2021.